1930's American 6 Short Stories recommended by W. Somerset Maugham

S・モームが薦めた米国短篇

J・スタインベック
F・S・フィッツジェラルド
E・ヘミングウェイ他
小牟田康彦 編・訳・解説

未知谷
Publisher Michitani

目次

S・モームが薦めた米国短篇

贈り物

1933

ジョン・スタインベック

作品について　「贈り物」（*The Gift*）の初出は一九三三年十一月『ノース・アメリカン・レビュー』誌上で、後に他の短篇とともに一九三七年に『赤い小馬』（*The Red Pony*）として出版された。モームは、この時代区分群で取り上げた短篇はすでに名声が確立した作家によるものばかりで、それぞれの作品を取り上げて讃辞を呈するつもりはないと断りながら、「贈り物」については概略次のように好意的な評価を述べている。「この作品を軽蔑的な意味で感傷的だと批判する人がいると聞いたことがある。感傷的というのは、うすっぺらでめそめそした感情を過度に表出することである。もし一人の子供の熱望と熱心さと献身と歓喜をユーモアと愛情をもって描くことが感傷的なら、『赤い小馬』は感傷的とのそしりをうけねばならぬが、私なら、それは人間味溢れた優しい思いやりのことだと言いたい」

作者について　ジョン・スタインベック（**John Steinbeck**）は小説家・劇作家。一九〇二年カリフォルニア州モントレー郡サリーナスで生まれ、一九六八年ニューヨークにて六十六歳で没した。幼い頃から文学好きの少年であった。高校卒業後一時砂糖工場で働く。一九二〇年スタンフォード大学に入学し、学生時代にさまざまな労働（牧場労働者、道路工夫など）を経験し、一九二五年海洋生物学を学んだ後学位を取らずに退学。その後帰郷し、山小屋やマス孵化工場などで働きながら著作活動を始め、一九二九年、『黄金の盃』で作家デビュー。一九三四年、短篇作品『殺人』でオー・ヘンリー賞を受賞。一九三九年に発表した『怒りの葡萄《ぶどう》』がピューリッツァー賞と全米図書賞を受賞。
代表作：中篇『二十日鼠《ねずみ》と人間』（一九三七年）、長篇『怒りの葡萄』（一九三九年）、長篇『エデンの東』（一九五二年）などの他、評価の高い短篇集もある。小説『われらが不満の冬』（一九六一年）が一九六二年ノーベル文学賞受賞につながった。

夜が明けるとビリー・バックは寝起き小屋から外に出て、ちょっとだけポーチに立ち空を見上げた。彼は小男のわりに横太りの蟹股《がにまた》で、セイウチのように両端が垂れ下がった濃い口ひげを生やしており、がっしりした手の掌《たなごころ》は筋肉で膨らんでいた。目は物思いに沈んだような淡い灰色を帯び、カウボーイがかぶるステットソン・ハットの下からはみ出た髪の毛は先が尖がりぱさぱさだった。ビリーはポーチに立ったままシャツをブルージーンズの中に押し込んでいた。彼はいったんベルトのバックルを緩め、また締め直した。ベルトの穴の周りが前後に擦れて光っているのは、ここ何年かの間にビリーの腹が少しずつ出てきた証しだった。天気の見定めが終わると、鼻の穴の片方を交互に人差し指で塞ぎ、勢いよく手鼻をかんだ。それから彼は両手を擦り合わせながら馬小屋のほうに歩いて行った。彼は馬房《ばぼう》にいる二頭の乗用馬にブラシをかけ毛並みを揃えながらその間休みなくおだやかに馬に話しかけていた。その仕事が終わるか終わらないときに牧場主のランチハウスの三角形の鉄の鐘が鳴り始めた。ビリーはブラシと金櫛を一緒に手すりに置き、それから朝食に向かった。彼の行動は極めて計画的で時間の無駄がなくランチハウスに辿り着いた時にはまだティフリン夫人が鐘を鳴らしているほどだった。婦人は白髪混じりの頭を下に向けて彼に挨拶し、台所にひきあげた。ビリー・バックは牧場労働者だから、最初に食堂に入るのは礼儀に反すると思い、階段に腰を下ろしていた。ハウスのなかにいる主人のティフリン氏が靴底を踏みつけながらブーツを履いているのが聞こえた。

ガランガランと鳴る三角鐘の高音にジョディの体が反応して動きだした。彼の髪の毛は、ほこりをかぶって黄ばんだ草のようであるが、彼ははにかみと礼儀正しさを示す灰色の目を持ったわずか十歳の男の子で、考え事をすると口元がもぐもぐと動いた。三角鐘によって彼は眠りからたたき起こされた。けたたましい鐘の音に逆らおうと考えたことはなかった。実際逆らったことはなかったし、彼が知る人間で逆らった人など誰もいなかった。彼は目の上にかかったもつれ毛を手でかきあげ、寝巻きを脱ぎ捨てた。あっという間に彼は衣服を着終えた——といっても霜降りの青シャツとオーバーオールだけだったが。夏の終わり頃だったので、もちろん靴を履くような面倒なことはなかった。彼は台所に行き、母が洗面台の前から調理用レンジのところへ戻るまで、そこで待った。それから彼は顔を洗い、濡らした髪の毛を指で後ろに撫で付けた。彼が洗面台を離れようとするとき母がいきなり振り返って彼を見つめた。ジョディは気恥ずかしそうに目をそらした。

「もうすぐ髪を切ってあげなくちゃだめね」と母が言った。「朝食はテーブルに並べたから、はやくあっちへ行きなさい、ビリーがいつまでも入れないわよ」

ジョディは、洗いすぎで所々生地が見える白い布がかけられた長テーブルに坐った。全員用の大皿には目玉焼が列をなして並んでいた。ジョディは自分の皿に卵を三個取り分け、それからカリカリに焼いたベーコンの厚切りを三つ取った。彼は目玉焼きの黄身の一つから血の部分を念入りに取り除いた。

ビリー・バックがドシンドシンと音を立てながら入ってきた。「そこは食べても問題ないんだよ」と言いながら、「おんどりが残す印に過ぎないんだ」と説明した。

そのとき背が高くいかめしいジョディの父が入ってきた。フロアが軋む音から父がブーツを履いているのがわかったが、ジョディは、念のため、テーブルの下を見た。父はテーブルの上の石油ランプを消した、というのもすでに窓から朝の光りが十分入ってきていたからだ。

ジョディは、父とビリー・バックがその日どこへ馬で出かけるのかを訊きはしなかったが、自分も行きたいなと思った。彼の父は躾《しつけ》の厳しい人だった。ジョディはあらゆることに関していかなる疑いもなく父に従った。そして今、父カール・ティフィンが着席し、目玉焼きの大皿に手を伸ばした。

「牛はいつでも連れ出せるか、ビリー？」と彼は訊いた。

「下段の柵です」とビリーは答えた。「牛は自分一人でも連れていけますが」

「そりゃわかっている。だが、旅は道連れだ。それに君の喉はだいぶんアルコールにご無沙汰だ」カール・ティフリンは、今朝は口が軽かった。

ジョディの母がドアから顔を出した。「帰りは何時頃になるの、カール？」

「わからんな。サリーナスで何人かに会うことになっている。暗くなるまで戻れないかもしれないな」

卵とコーヒーと大きな丸パンがあっという間になくなった。ジョディは二人の後に従って家の外に出た。二人がそれぞれの馬に跨《またが》り、柵から六頭の年老いた乳牛を連れ出し、丘を越えてサリーナスのほうに出発するのをジョディは見送った。二人はその老牛を食肉業者に売ろうとしているのだった。

彼らが丘陵の頂上を越えて姿を消すと、ジョディは家の背後の丘を歩いて登った。

犬たちが肩を膨らませ嬉しさに歯を恐ろしくむき出しにして家の周りを小刻みに走り回った。ジョディは犬の頭を撫でた——大きなふさふさの尻尾をして黄色い目をしたダブルツリー・マットと、シェパードのスマッシャーで、こいつはコヨーテを殺したときに片方の耳を失っていた。スマッシャーは残った耳を半立ちが多い普通のコリーより高く聳《そび》えさせていた。片耳のときはいつもそうなるのだとビリー・バックは言った。二匹は喜び狂ったような挨拶が終わると、当たり前のように鼻を地面に近づけ、先に進み、時々振り向いては少年が付いてきているのを確かめた。彼らは鶏を放している敷地を通り抜けたが、うずらが鶏と一緒に餌を漁《あさ》っているのも見た。スマッシャーは鶏を少しばかり追いかけたが、これは万一羊の番をするときがきたときの練習を積んでおくためだった。ジョディは歩き続け、彼の頭より高くなった青トウモロコシが植えられた大きな野菜畑を通り抜けた。牛の飼料用カボチャはまだ青く小さかった。彼はさらに進んでそこから先はヨモギ類の雑草地になる場所まで来たが、そこには泉の冷たい水がパイプから流れ出て丸い木樽の中に落ちていた。彼は前かがみになり、緑の苔むした樽板の近くから水を飲んだ。そこの水が一番うまかった。それから、彼は後ろを振り返り、牧場を眺めた。紅いゼラニュームにとりかこまれた白土《しらつち》塗りの天井の低い家が一軒と、糸杉のそばに、ビリー・バックが一人で住んでいるひょろ長い寝起き小屋が立っていた。ジョディの目に糸杉の下に、豚が湯通しされる大きな黒い釜が見えた。はや太陽が丘陵の頂きから昇ってきて、家屋敷と馬小屋の白土をまばゆく照らし、露に濡れた緑草を柔らかくきらめかせた。彼の背後の背の高いヨモギ群の中で、小鳥たちが地面を慌てて逃げ回り、枯れ草の中で大きな音を立てていた。丘の斜面ではリスたちがキュルキュルと甲高く鳴いていた。ジョディは遠くの農場の建物のほうに目をやった。空中になにか不穏なものを感じた、何かが変化し、何かが失われ、そして新しい見慣れない何かが手にはいるという予感だった。丘の斜面の上を巨大なアメリカハゲタカが二匹、地面を低く飛翔したので、奴らの影が鳥より先になめらかに速度をあげて横滑りした。どこか近辺で何らかの動物が死んだのだ。ジョディにはそれがわかった。乳牛かもしれないし、ウサギの死骸かもしれない。ハゲタカは決して見逃すことはなかった。誰でも心あるものならそのはずだが、ジョディは奴らが大嫌いだったが、あいつらは腐肉を片付けてくれるので痛めつけることはできなかった。

しばらくすると彼はまたぶらぶらと丘を下り始めた。犬たちはとっくに彼のことを見放し、藪の中に入って好き勝手なことをしていた。野菜畑の中を通りぬけると、彼は一瞬立ち止まり踵《かかと》でマスクメロンを蹴り飛ばしたが、いい気持ちはしなかった。そんなことをしてはいけないことは、百も承知だった。彼は傷ついたメロンの上に土を蹴ってかけ、それを隠した。

家に帰ると母が彼の荒れた手の上にかがみ、指と爪を点検した。綺麗にして学校に出しても、途中であまりにいろんなことが起きるので無駄だった。彼の指の黒いひび割れにため息をつきつつ、教科書と弁当を渡し、歩いて一マイル先の学校に送り出した。彼の口が今朝はしきりにもぐもぐしているのに母は気がついた。

ジョディの徒歩通学が始まった。彼は道路に転がっている白い石英の小石をポケットにいっぱい詰め込み、ときどき小鳥にめがけて投げたり、道路でいつまでも日向ぼっこをしているウサギに投げ付けたりした。橋を越えた十字路で友達の二人と会って、三人は一緒に学校に向かったが、ばかみたいな大股歩きをしたりアホみたいなことをしたりした。学校は二週間前に始まったばかりだった。生徒の間にはまだ反骨気分が残っていた。

ジョディが丘の頂上に到達してまた農場を見下ろしたときは午後四時だった。彼は乗用馬を探したが柵の中は空だった。父はまだ帰っていなかった。あとは午後の用事をするだけなので彼はゆっくり歩いた。農場の家に着くと、母がポーチに坐って靴下をつくろっていた。

「台所にドーナツを二つ置いといたわ」と彼女は言った。ジョディは台所に駆け込み、母のところに戻ってきたときはすでにドーナツの一つを半分食べ終り、口の中をいっぱいにしていた。母は今日は学校で何を勉強したのと訊いたが、ドーナツを頬張った彼の答えは聞かなかった。彼女は答えを遮って言った。「ジョディ、今日は薪箱をきれいにいっぱいにしなきゃだめよ。あなた、昨日は薪を交差させて入れたから半分ぐらいしか入っていなかった。今日は薪をきちんと横に並べるのよ。それからね、ジョディ、卵を隠している雌鶏《めんどり》がいるんじゃないかしら、でなきゃ、犬が卵を食べたかよ。草むらの中を探して、巣があるかどうか見てちょうだい」

ジョディはまだ食べ終わらないうちに、外へ出て言いつけられた仕事をした。彼が鶏に穀物を投げると、ウズラが一緒に食べようと降りてきた。どんな理由があるのか、父はウズラが近づくのを誇りにしていた。その鳥たちが逃げるかもしれないから、父は家の近くで猟銃を使うのを決して許さなかった。

ジョディは薪箱をいっぱいにすると、二十二口径のライフルを取り出して、ブラッシュ（訳注：低い潅木地帯）の境界線にある冷たい水が出る泉に行った。彼はまた水を飲み、それから、岩や、飛んでいる鳥や、糸杉の下にある大きな黒い鍋や、ありとあらゆる目標に向けて狙いをつけたが、発射はしなかった。というのは実包を持っていなかったからだが、それは十二になるまで許されなかった。家の方向に向けてライフルの狙いをつけるのを父が見ていたら、もう一年実弾をつけるのを延期されただろう。そのことを思い出して、ジョディは二度と丘の下にライフルを向けなかった。実弾が許されるのを二年待つだけで十分だった。彼の父親のプレゼントはほとんど全てが使えるまでに何らかの条件付きで、そのためその有り難さが幾分損なわれた。これは自己抑制の良い訓練だった。

父が帰って来ないので夕食は暗くなるまで待たされた。やっと父とビリーが帰ってきて家に入ると、ジョディは二人の息から美味しいブランデーの匂いをとった。彼は心の中で喜んだ。というのも父がブランデーの匂いをさせるときはときどきジョディに話しかけてくるからで、ときには父が少年だった頃の無法時代の体験談も話してくれるからだった。

夕食後、ジョディは暖炉の近くに坐って、礼儀よく内気な視線を部屋の隅に注ぎながら、きっと何らかの知らせがあると思ったから、父が何を心にしまっているのかと期待して待った。しかしジョディの期待は外れた。父はこわい顔つきで彼を指差して言った。

「ジョディ、はやく休みなさい。明日は朝からお前にいてほしいことがある」

それなら悪くなかった。言いつけられたことが退屈なことでなければ仕事をするのは好きだった。彼は床を見て、質問を絞り出す前に口をもぐもぐ動かした。「朝、なにをするのですか？　豚を殺すのですか？」彼は低い声で訊いた。

「いいから、はやく寝なさい」

ジョディが部屋を出て後ろ手にドアを閉めると、父とビリー・バックがクスクス笑うのが聞こえたので、これはなんらかのジョークだとわかった。そして、その後彼がベッドに横たわり、別室の話し声から言葉を聞き分けようとしたとき、父が言い返すのが聞こえた。「だけど、ルース、あいつにあげるたってたいしたものじゃないよ」

ジョディは、ホーホーと鳴くフクロウが馬小屋の近くでネズミを追いかける声を聞き、果樹の枝が家をトントン叩いている音を聞いた。彼が眠りについたときは牛がモーと鳴いていた。

朝になって三角鐘が鳴ったとき、ジョディはいつもよりもっと急いで着替えた。台所で顔を洗い髪に櫛を入れると、母が怒った口調で彼に話しかけた。「ちゃんと朝ごはんを食べ終えてからでないと外へ出てはだめよ」

彼は食堂に行き白い長テーブルに坐った。大皿から焼きあがったばかりのホットケーキを取り、その上に目玉焼きを二個重ね、さらにその上にもう一枚ホットケーキを乗せて、フォークで全体をグシャグシャにつぶした。

父とビリー・バックが入ってきた。床の音から二人がかかとの低い靴を履いているのがジョディにはわかったが、念のためテーブルの下を覗いた。父は、もう夜が明けたのだから、石油ランプを消し、いかにもしかつめらしく厳格に見えたが、ビリー・バックはジョディに一度も目をくれなかった。彼はジョディ少年の内気な、探るような目を避けて、トースト一枚を全部コーヒーの中に浸した。

カール・ティフリンが怒ったように言った。「朝食が終わったら一緒に来なさい」

それからというものジョディは食べ物が喉を通らなかった、というのはその場に一種の懲罰の雰囲気を感じたからだ。ビリーが受け皿を傾けてこぼれたコーヒーを飲み干し、ジーンズで両手を拭き終わると、二人の大人はテーブルから立ち上がり、一緒に朝の光りの中に出て行った。ジョディはかしこまって少し後からついていった。彼は余計なことを考えないよう心を落ち着けて、不動の心を保とうと努力した。

母が叫ぶ声がした。「カール、時間をかけないでよ、あの子が学校に遅れるからね」

彼らは、豚を屠殺するための横木を枝に吊るしている糸杉の前を通り過ぎ、黒い大釜も過ぎた、だから豚を殺すことじゃなかった。太陽が丘の上に出て木々や建物の影を暗く長く落とした。彼らは馬屋への近道になる麦の刈り株畑を横切った。ジョディの父が馬小屋のドアの鍵を外すと、みんな中に入った。彼らは途中太陽に向かって進んできていたから、馬小屋は対照的に夜のように暗く、干し草と馬たちの熱気で暖かかった。ジョディの父はある馬房《ばぼう》（訳注：馬一頭を入れる箱型の仕切り小屋）の方に進んでいった。「こっちに来い」と彼は命令した。ジョディはやっと目が慣れてきた。彼はその馬房を覗き込み、そしてさっと後ずさりした。

赤毛のポニーの子馬が馬房の中から彼を見ていた。その耳は緊張して前向きになり、その目には反抗の光があった。被毛はエアデールテリアの毛皮のように荒くふさふさしており、たてがみは長くもつれていた。ジョディは思わず喉が締め付けられ息苦しくなった。

「こいつには丁寧に櫛《くし》をかけてやらないといけないからな」と彼の父は言った。「万が一、お前がちゃんと餌をやっていないとか馬小屋を汚くしていると聞いたら、直ちに売り飛ばす」

ジョディはもうポニーの目をまともに見ることができなかった。彼は一瞬自分の手を見つめ、そしておずおずと訊いた。「僕のもの?」誰も返事をしなかった。彼は片手をポニーのほうに差し出した。ポニーは鼻を近づけ、音を立てながら匂いを嗅ぎ、それから唇を引っ込め、頑丈な歯をジョディの指に忍び寄せた。ポニーは頭を上下に振り面白がって笑っているようだった。ジョディは噛まれて痕の残った指をじっと見つめた。「おお」と彼は誇らしく言った。「うん、ちゃんと噛めるようだ」二人の男は、幾分安心したように、笑った。カール・ティフリンは馬小屋を出て一人になるために丘の斜面を歩いて登った。なぜかといえば、彼はきまりが悪かったからだが、ビリー・バックはそのまま残った。ジョディはビリー・バックに話すほうが気楽だった。ジョディはまた訊いた——「僕のもの?」

ビリーは仕事師の口調になった。「もちろんだ。だが、きちんと面倒を見てちゃんと調教できたらだぞ。わしが教えてやる。こいつはまだ子馬だ。しばらくは乗れないよ」

ジョディがアザの残った手をまた差し出すと、今度は赤毛のポニーは鼻を撫でさせた。

「人参があればよかったのに」とジョディは言った。「どこで手に入れたの、ビリー?」

「保安官（訳注：郡の最高官吏で司法権と警察権を持つが、特に税金の取立てが主な仕事）のせりで買った」とビリーは説明した。「サリーナスの興業師が借金を抱えて潰れたんだ。それで保安官が奴らの持ち物をせりに出したのだ」

ポニーは鼻を前につき出して気性の激しそうな目にかかった前髪を振り払った。ジョディはその鼻を少し撫でた。彼は遠慮がちに言った。「あれないの、鞍《くら》は？」

ビリー・バックは苦笑いした。「忘れとった。こっちにきてごらん」

馬具一式がしまってある部屋で彼は赤いモロッコ革の小さな鞍を引き上げた。「これは見世物用の鞍なんだ」と安物扱いにして言った。「ブラッシュ（訳注：牛を進ませるのに苦労する低い潅木地帯）を通るときには使い物にならないが、安く売りに出ていたのでね」

ジョディは鞍まで見られるとは信じられなかったので、まったく口がきけなかった。彼はキラキラ輝く赤革を指先で磨き、長い時間が経ってから言った。「でも、あの子には似合うと思う」彼は知る限りの最高に豪華で綺麗な名前を思いついた。「まだあの子に名前がないのなら、僕はガビラン・マウンテンズと呼びたいな」

ビリー・バックはジョディの気持ちが分かった。「ずいぶん長い名前だな。単にガビランと呼んだらどうだい。鷹《たか》という意味だ。あいつに似合う名前だ」ビリーは嬉しかった。「君が尻尾の毛を集めたら、そのうちその毛でロープを作ってあげる。それを端綱《はづな》（訳注：馬の口につけて引く綱）に使ったらいい」

ジョディはまた箱型の馬房に戻りたかった。「あの子を学校に連れて行っていい？　ね、どう思う？　友達に見せたいんだ」

しかし、ビリーは首を縦に振らなかった。「あいつはまだ端綱にも慣れていない。ここまで連れてくるのには苦労した。ほとんど引きずってきたんだ。だけど君はもう学校に出かけたほうがいい」

「今日の午後は友達をここに連れてきてあの子を見せてやる」


その日の午後半時間早く六人の男の子供たちが丘を駆け下りてきた。頭を下げて、両手を振りながら、ゼーゼー息を吐きながら、彼らは全速力で走ってきた。彼らは母屋《おもや》のそばを駆け抜け、近道して刈り株畑を横切り馬小屋に向かった。そして、彼らは我が身を考えながらポニーの前に立ち、それからジョディを見た。彼らの目には新たな賞讃と新たな尊敬の光があった。この日以前のジョディは、オーバーオールと青シャツを着た、ほとんどの子よりもの静かな、どちらかと言えば少し臆病な子ではないかとさえ疑われていた。しかし今は違った。何世紀も前の昔から、歩行者が馬上の人間に対して抱いた古今の尊敬を彼らは思い出した。馬上の男は歩行の男より精神的にも肉体的にも優っていることを彼らは本能的に知っていた。ジョディは奇跡的に彼らと同等の位置からすくい上げられ、彼らの上位に置かれたことを彼らは知った。ガビランは馬房から頭を出し彼らの匂いを嗅いだ。

「乗ってみせてよ」少年たちは叫んだ。「お祭りでやっているように、尻尾をリボンで飾ったらどうなの」「いつ乗れるの」

ジョディは勇気が出てきた。彼も馬に乗れる男の優越感を感じていた。

「あの子はまだ子供だ。まだしばらくは誰も乗ることができないの。長い端綱をつけて僕が調教するんだ。ビリー・バックが僕に手ほどきしてくれる」

「でも、ちょっとだけ引き回しすることぐらいできないの？」

「まだ端綱にも慣れていない」とジョディは言った。最初にポニーを外に出すときは誰も周りにいて欲しくなかった。「こっちにきて鞍を見てよ」

彼らは赤いモロッコ革の鞍を見て言葉が出ず、完全に圧倒されて何も言えなかった。「ブラッシュにはあまり役立たないけどね」とジョディは説明した。「でもあの子には似合うだろう。ブラッシュに入るときは僕は裸馬で乗ると思う」

「サドルホーン（訳注：牛に縄を掛けた後に牛に逃げられないよう縄を巻きつけるため鞍の前橋部が隆起した部分）がなくてどうやって牛に投げ縄を投げられるの？」

「たぶん、毎日使うようになる鞍をもう一つもらえるだろう。お父さんは牛の手伝いを僕にさせるかもしれないからね」彼は友達に赤い鞍に触わってもいいといい、轡《くつわ》についている真鍮製鎖《しんちゅう》の喉革《のどかわ》と、項革《うなじがわ》と額革《ひたいがわ》が交差するこめかみのそれぞれに付けられた大きな真鍮のボタンを皆に見せた。これらも全てが素晴らしかった。しばらくすると友達は立ち去らねばならなくなったが、どの少年も、その時期が来たら赤いポニーに乗せてもらうために賄賂として差し出すふさわしい物が自分の持ち物の中に何かないかなと心の中で探していた。

　彼らが帰ったのでジョディはほっとした。彼は壁に掛けてあるブラシと毛漉き櫛を外し、馬房のゲートを下ろして、用心しながら中に歩を進めた。ポニーの目がギラリと輝いて、じりじり斜めに動いて蹴る体勢になった。しかしジョニーはいつもビリー・バックがやっているのを見ていたので、子馬の肩に手を触れ、その高く怒らした首を撫で、低くて張りのある声で「そうだ、いい子だ」と語りかけた。ポニーは次第に緊張を緩めた。ジョディは落ちた毛が山になって馬房に積み重なるまで、そしてポニーの被毛が深い真紅のつやを帯びるまで、櫛で漉きそしてブラシをかけた。ひと仕事やり終えるたびに、もっとうまくできたはずだと思うのだった。彼はたてがみをより合わせ十二の小さな束に編み、前髪を三つ編みにし、そしてそれをまた元に戻し、毛にブラシをかけて真っ直ぐにした。

　ジョディは母が馬小屋に入ってくるのが聞こえなかった。彼女は入ってきたときは怒っていたが、ポニーを覗き込み、ジョディが手入れをしているのを見ると、奇妙な誇りが湧き上がるのを覚えた。「薪箱のこと忘れたの?」と優しく言った。「暗くなるまで間がないわよ、家には薪は一本もないし、鶏の餌もやっていないのね」

　ジョディは急いで道具を片付けた。「忘れていました、お母さん」

「そうね、これからはお手伝いを先にやりなさい。そしたら忘れることはないわ。もう、私が見張っていないといろんなことを忘れそうね」

「野菜畑の人参をこの子にあげてもいいですか、お母さん」

彼女は考えないといけなかった。「そうね、いいことにするわ。太くて硬くなったものだけよ」

「人参を食べさせると被毛がきれいになるんです」と彼が言うと、彼女は再び不思議な誇りがこみ上げるのを感じた。


ポニーが来てからというものジョディはベッドから起き出すのに三角鐘が鳴るのを待つことはなかった。母が目覚めないうちからベッドを這い出て衣服をさっと着て静かに外に出てガビランに会いに馬小屋に行くのが彼の習慣になった。農地もブラッシュも家屋も木々も写真の印画のように銀灰色で暗いどんよりした朝の静寂の中を、眠っている切石と眠っている糸杉の前を通り抜け馬小屋の方に足を忍ばせた。コヨーテが届かない木の上にねぐらを定めている七面鳥が眠そうにククッと声を出した。野原は霜のような灰色の光りを放ち露の中でウサギと野ねずみの通り道は鮮やかに浮き出ていた。躾の良い犬が背中の毛を立て、喉の奥で低く唸りながら小さな犬舎から体を固くして出てきた。彼らはすぐにジョディの匂いを嗅ぎとると、緊張していた尻尾を高くあげ横に振って挨拶をした。太くふさふさした尻尾のダブルツリー・マットとシェパードの兆候を見せ始めたスマッシャーは、それから大儀そうに暖かいねぐらに戻っていった。

それはジョディにとって、夢の続きのような、不思議な時間であり神秘的な朝通いであった。初めてポニーをもらったころは、ガビランが馬房にいないのではないか、そしてもっとひどいことに初めからそこにいなかったのではないかと歩きながら考えてわざと自分を苦しめた。さらに他にもちょっとした苦痛を勝手に創造してむしろそれを楽しんだ。ドブネズミたちが赤い鞍をギザギザにかじり穴を開けているとか、ハツカネズミがガビランの尻尾を糸のように細くなるまでかじってしまったとかを夢想するのだった。彼は馬小屋が近くになるとわずかな道をたいてい走った。彼が馬小屋のドアの錆び付いた留め金を外し中に踏みこむとき、どんなに静かにドアを開けても、ガビランがいつも馬房の柵の上から彼を見ており、穏やかに嬉しそうに低くいななき、前足を踏み鳴らし、眼をオーク材の残り火のように大きく真っ赤に輝かせていた。

ときどき、その日に役馬を使うことがあると、ビリー・バックが馬小屋にいて馬具をつけたり馬櫛をかけたりしていた。ビリーはジョディのそばに立ちガビランを長い間見つめながら、馬に関する知識をいっぱいジョディに教えた。馬は自分の足をすごく心配しているから、馬を扱う人はその恐怖を取り除くために馬の肢を持ち上げひずめとくるぶしをいつもやさしく撫でてあげねばならないと説明した。馬は話しあいをするのがとても好きだともジョディに教えた。ジョディはいつでもポニーに話しかけ、何をするにもその理由を教えなければならないとも言った。ジョディは話しかけられたことを馬が全て理解できるのかどうか心もとなかったが、どれだけを理解したかを知ることも不可能だった。馬は気に入った人間が何かを説明しても決して騒ぎ立てたりはしない。ビリーはその例もあげることができた。例えば、疲労しきってほとんど動けない馬に目的地まであとほんのもう少しだと言われて元気を出した馬の例を彼は知っていた。恐怖で麻痺して動けない馬に、乗っている人間が恐れているものが何かを説明して恐れなくなった馬の例も知っていた。朝方そんな話をしながら、彼は麦わらを二、三十本きれいに三インチの長さに切り、それを帽子のリボンに差し込んだ。そうしておけば日中はいつでも、歯を掃除したいときとか何かを噛んでいたいときは、その一つに手を伸ばせばよかった。

ジョディは熱心に耳を傾けた。というのは、彼は、いや国中がビリー・バックは馬にかけては名人だと知っていたからだ。ビリー自身の馬は筋肉質でハンマー型の頭をしたカイユース種（訳注：オレゴン州にいたインディアンのカイユース族が使っていた野生の小型種がこの名の由来）だったが、彼は役馬の競技会でほとんど毎回優勝していた。スティア（訳注：四歳未満の去勢した肉用雄牛）を投げ縄で捕まえ、鞍のサドルホーンに縄を二重の止め結びをして、馬からおりて手綱をしっかり持ちながら、最後に雄牛がへたばり降参するまで、釣り人が魚を操るように、彼の馬に牛を翻弄させた。

毎朝、ジョディがポニーに馬櫛をかけブラシをかけ終わり、馬房の柵をおろすと、ガビランは彼の前を脱兎のごとく駆け、馬小屋を抜け、外の囲いに躍り出た。ポニーは何度も何度もギャロップで走り、時には前に跳躍し、脚を伸ばしたまま着地した。そんなときは、ポニーはブルッと身震いし、耳を前方に立て、恐ろしい目にあったかのように、白目がでるほどに目をくるくるさせて立っていた。最後にポニーは鼻息を荒立てながら水桶の方に歩き、鼻の穴を水中に埋めた。そんなときジョディは誇らしかった。なぜなら、それが良馬を判断する方法だと知っていたからだ。出来の悪い馬は唇を水につけるだけだが、気性のしっかりした馬は息をするだけの余裕を残し鼻と口全体を水の中につけるからだ。

それからジョディは立ったままポニーを観察したが、今までどんな馬にも気付かなかった特徴が見えてきた。それは、艶があり滑るような脇腹の筋肉と、握りしめるときの拳のように収縮する腰肉のうねりと、太陽に照り輝く赤い被毛であった。彼は生まれてこのかたいろんな馬を見てきたが、どの馬もこれほど間近に観察したことはなかった。しかし今は、表情を示す耳の動きと顔に屈折して現れる表情にさえ気がついた。このポニーは耳で話をした。耳が向く方向によりどんなことにも馬がどう感じているかが正確にわかる。耳がピンと張って直立しているときもあり、緩んで垂れているときもある。怒ったり怖がったりしているときは後ろに伏せる、気になることがあるとか興味があるとか喜んでいるときは前に倒れる。だから耳の正確な位置がどんな感情をもっているかを示す。

ビリー・バックは約束を守った。秋口に訓練が始まった。最初に無口頭絡《むくちとうらく》による端綱慣らしがあったが、それが最初のことだから最も難しかった。ジョディは人参を手に持ち、なだめすかしたり、褒美を約束したりしながらロープを引っ張った。引っ張られるとポニーはロバのように脚を踏ん張った。しかしやがてポニーは覚えてきた。ジョディはポニーを引きながら農場のあちこちを歩き回った。そのうちロープを外してもジョディが行くところに必ずポニーが引っ張られずに後についてくるまでになった。

それから長い引き紐《ひも》（調馬索《ちょうばさく》）の調教が始まった。これにはゆっくり時間をかけた。ジョディは調馬索を握りながら、丸い円の真ん中に立った。ジョディが舌打ちしてチッチッという音を出すと、ポニーは調馬索に繋《つな》がれたまま大きな円をかいて歩き始めた。彼が次に舌打ちするとポニーの歩調はトロット（速歩《はやあし》）になり、また次に舌打ちするとポニーはギャロップ（襲歩）で走った。ガビランは轟音を立てながらかつ心から楽しみながら駆け巡った。それから彼が、「ウォー」と声をかけると、ポニーは止まった。ガビランがその調教を完璧にこなすのに時間はかからなかった。しかしいろんな面で彼はいたずらなポニーだった。ポニーはジョディのズボンを噛んだり、彼の足を踏みつけたりした。しばしばポニーは耳を後ろに伏せ少年にとんでもない蹴りの狙いをつけた。こんないたずらをするたびに、ガビランはしてやったりと笑い転げているようだった。

ビリー・バックは夜になると、暖炉の前で毛のロープ作りに精を出した。ジョディは集めた尻尾の毛を袋に入れ、そばに坐って、ビリー・バックがゆっくりロープを作りあげるのを眺めていた。ビリーは四、五本の毛をよりあわせて細い紐を作り、二本の紐を巻いて紐縄を作り、それから紐縄を何本か集めてロープを作った。ビリーは出来上がったロープを床に並べて足で転がしさらに丸くして強度を高めた。

調馬索の訓練が急速に完成に近づいた。ジョディの父は、ポニーが止まり、歩き始め、トロットになりギャロップになるのを見て、少し不機嫌だった。

彼は、「あれではほとんど曲芸のポニーになる」と文句を言った。「私は曲芸のポニーは好かん。ポニーに曲芸をさせると、そのなんというかな、馬の品格がなくなる。つまり、曲芸馬は一種の俳優だ、馬自身の本来備わった性格がなく、威厳がない」その後父はこういった。「早めに鞍に慣らさせるほうがいいようだな」

ジョディは馬具部屋に駆けていった。彼はしばらく前から木挽《こび》き台で鞍に乗っていた。彼は鐙《あぶみ》の長さをなんども変えてみたがどうしてもうまく出来なかった。ときどき、馬具部屋の木挽き台に乗り、首あてと金輪と革帯を体にぶら下げると、ジョディは馬具部屋から外に乗り出した気分だった。彼は鞍頭《くらがしら》の横にライフルを携えた。野原が飛び去るのが見え、疾走する馬の蹄《ひづめ》の響きを聞いた。

初めてポニーに鞍を付けるというのは、やっかいな仕事だった。ガビランは背中を丸めたり後ろ足で立ったりして腹帯を締め付ける前に鞍を投げ落とすのだった。何度も何度も繰り返して、やっと最後にポニーは鞍をつけさせた。それから腹帯の締めつけもまた大変だった。やっとポニーが鞍をまったく気にしなくなるまでジョディは毎日少しずつ腹帯をきつく締めていった。

さらに馬勒《ばろく》の取り付けがあった。ビリーは、ガビランが口の中に何かを挟むのに慣れるまで馬銜《はみ》の代わりにカンゾウの根を使う方法を教えた。彼はその訳を説明した。「もちろん何ごとも無理に慣れさせることもできるさ、だけどね、そうするとあんまりいい馬にはならないんだ。いつもなんだかビクビクしてね、それが習い性になってしまう」

ポニーが初めて馬勒を着けたときは激しく頭を振り、馬銜を舌に絡めつけ、とうとう口の端から血が滲みでた。ポニーは面繫《おもがい》をかいば桶に擦り付けて振り落とそうとした。その耳は縦横に動き、目は恐怖のためと、どたばた動き回ったため赤くなった。ジョディは喜んだ。なぜなら調教を嫌がらない馬は意気地なしだと彼は知っていたからだ。

そして、ジョディは最初に鞍にまたがったときの自分を想像して体が震えた。おそらくポニーは彼を振り落とすだろう。そのこと自体不面目なことではない。彼が立ち上がってもう一度馬に乗れなかったらそれは面目がない。ときに、彼は土砂の中に投げ出されて泣き、二度と立ち上がれない自分を夢見ることがあった。そんな夢の屈辱感は日中まで続いた。

ガビランの成長は早かった。それはもはや肢がひょろ長い子馬ではなかった。たてがみは前より長くかつさらに黒光りしていた。毎日丁寧に櫛をかけブラシをかけているのでその被毛はオレンジジレッドの漆のように滑らかで光沢が出ていた。ジョディは蹄《ひづめ》がひび割れしないように小まめに油を塗り丁寧に爪を切った。

しっぽの毛で作った綱がほとんど仕上がった。ジョディの父は使い古しの拍車をジョディに譲り、全部彼の足に合うように、両側の金具をまげて狭め、革紐を切り詰め、小鎖を短くした。そしてある日カール・ティフリンは息子に言った。

「ポニーはわたしが思っていた以上に早く大きくなっている。感謝祭までには乗れるようになるだろう。大丈夫か、落とされないか？」

「わかりません」とジョディははにかみながら答えた。感謝祭まではあと三週間だった。雨が降らないことを祈った。というのは、雨が降ると赤い鞍にシミができるからだ。

もうこのころにはガビランはジョディの見分けがつき、彼と話したがるようになっていた。ジョディが刈り株畑を通ってくるとガビランは喜んで小さく嘶《いなな》いたし、牧草地にいるときジョディが口笛を吹くと走って近寄ってきた。そんなときはいつでも人参がもらえた。

ビリー・バックはジョディに繰り返し乗馬の心得を与えた。「いいかい、あそこに乗っかったら、両膝でしっかり挟むんだ。手は鞍を握っていてはいけない。もし振り落とされてもあきらめるな。どんなうまい人でも、一度じゃ乗れない馬が必ずいるもんだ。だからあいつに舐《な》められないうちにまた乗っかるんだ。じきにあいつは振り落とそうとしなくなる、そしたらじきに振り落とせなくなる。そうやって乗るもんだ」

「雨が降ったあとでなければいいけど」とジョディが言った。

「なんでだ？　泥んこの中に振り落とされたくないのか？」

一つにはそれもあるが、他には、ガビランが跳ね上がった拍子に脚を滑らせ自分の上に転倒し足か腰を折られたら困るとジョディは心配していたのだ。以前にも大の大人がそんな目にあい、踏んづけられた虫けらのように地べたに這いつくばりもがき苦しんでいたのを見たことがあったから、彼はそれを恐れていた。

彼は木挽き台に乗り、左手で手綱を握り、右手に帽子を握ることを練習した。このようにして両手に仕事をさせておけば、振り落とされそうだと感じても鞍のサドルホーンを掴むことはできまい。もしそこを掴むことになったらどんなことが起きるか考えたくなかった。おそらく、父とビリー・バックはあまりの屈辱に、彼に二度と口をきかないだろう。その事件が世間一帯に広まり、母も屈辱を感じるだろう。それから学校の運動場でも——それはあまりに恐ろしくて考えられなかった。

ガビランに鞍を着けたとき彼は鐙《あぶみ》に体重をかけ始めたが、足をポニーの背中に回すことはしなかった。それは感謝祭のときまで許されなかった。

毎日午後になると、彼は赤い鞍をポニーに乗せ鞍帯《くらおび》をしっかり締めた。ポニーは腹帯を締められるときは普段以上に腹を膨らませ、帯が締められると腹をへこませることをすでに覚え始めていた。

ときどきジョディはポニーをブラッシュの境界線まで連れて行き、苔むした丸い樽から水を飲ませたり、ときには刈り株畑を通って丘の頂上まで連れて上がったりしたが、そこからはサリーナスの白い町と、大盆地に広がる幾何学模様の畑と、羊に葉をむしられたオークの木々を見下ろすことができた。ときには彼らはブラッシュを突破して小さな円形の空き地に出たりしたが、そこはあまりに閉じ込められた感じで世界が消えて空とブラッシュの輪だけが過去から切り離されていた。ガビランはこんな探検が気に入って、そのことを示すのに昂然として頭を高く持ち上げ、面白がって鼻穴を震わせた。二人が遠征から帰還すると彼らの体からその中をかき分け通ってきたヤマヨモギの甘い香りが漂った。

感謝祭に向かって時間はのろのろ進んだが、冬が来るのは早かった。あたり一帯に一日中雲が地を這うように垂れ込め丘の頂を払い、夜になると風がヒュウヒュウと唸《うな》りながら吹いた。終日オークの枯葉が木から舞い落ち地面を埋めたが、そのくせ木々に変わりはなかった。

ジョディは感謝祭前に雨が降りませんようにと祈ったが、雨は降った。褐色の地面が黒くなり、木々はみずみずしく輝いた。刈り株畑の切り端はウドンコ病で黒色に変色した。干し草の山は湿気で灰色になり、夏の間はずっとトカゲのようにねずみ色だった屋根の苔が鮮やかな黄緑色に変わった。雨の週は、ジョディは、学校から帰ってわずかな時間だけポニーを運動のため外に連れ出し上部の柵の水桶で水を飲ませる以外、湿りから守るため馬房に閉じ込めていた。ガビランは一度も雨に濡れたことはなかった。

雨天は、草の新芽が出るまで続いた。ジョディはゆるやかなレインコートを着て短いゴム靴を履いて学校に通った。ある朝やっと太陽が明るく出てきた。馬房でいつもの仕事をしていたジョディはビリー・バックに言った。「学校に行っている間、今日はガビランを柵に放しておこうかな」

「太陽に当たらせるのはいいことだ」とビリーも賛成した。「どんな動物でも狭いところにいつまでも閉じ込めて置かれるのは嫌がる。わしはお父さんと一緒に丘に登って泉に生えた雑草を掃除するつもりだ」とビリーは頷き、例の麦わらの爪楊枝で歯をほじくった。

「でも、もし雨が降ったら……」とジョディが言いかけた。

「今日は降りそうもないな。雨はもうなくなるほど降った」ビリーは袖を引き上げ腕輪をパチンと締め直した。「もし降ってくるようなことになったら……いや、ちょっとの雨じゃ馬の体の毒にはならん」

「でも、もし降るようなことになったら、中に入れてくれるよね、ビリー？　あの子が風邪でも引いたら、いざというときに乗れないと困るから心配なの」

「わかったよ。もし時間内に帰ってきたらわしが見張ってあげる。だけど今日は降るまい」

そういうわけで、ジョディは学校に行っている間、ガビランを柵の中に立たせっぱなしにしておいた。

ビリー・バックはどんなこともあまり間違ったことはなかった。間違いようがなかった。しかし、その日の天気については彼は間違った。というのは、昼が過ぎてすぐ雲が山々の上に湧き出て雨が激しく降り出した。ジョディは校舎の屋根の上に落ち始めた雨の音を聞いた。

彼は考えた、指を一本上げて教室の外に出る許可をもらい、いったん外へ出たら家に走って帰りポニーを中に入れようかと。学校でも家庭でも即座に罰を受けるだろう。彼はその考えを諦め、雨で馬が弱ることはないと言ったビリーの言葉に安堵を求めた。学校がやっと終わると、彼は暗い雨の中を急いで家に帰った。道の両脇の盛り土が泥水を小さくはねあげた。横殴りの雨が冷たい突風のもとで渦巻いた。ジョディは、砂利混じりの道路のぬかるみを泥まみれになりながら小走りに家に向かった。

丘陵の頂きまでくると、ガビランが柵の中で惨めに立っているのが見えた。赤い被毛はほとんど黒くなり、水の縞が出来ていた。ガビランは尻を雨と風に晒《さら》しながら頭を下げて立っていた。走りながら帰り着いたジョディは馬小屋のドアを手荒く開け、濡れたポニーの前髪を引いて入れた。それから麻袋を見つけてずぶ濡れの毛を拭き、足と足首を摩《さす》った。ガビランはじっと我慢しながら立っていたが、突風が吹くようにブルブルと震えた。

できる限り丁寧にポニーの体を乾かし終わると、ジョディは家に帰り、熱い湯を馬小屋に持ち込み穀粒《こくりゅう》をそこに浸した。ガビランはあまり食欲がなかった。馬は温かい飼料をほんのわずかつまんだが、それにはあまり興味がなさそうで、依然としてときどき震えた。湿った背中からかすかに湯気が立ち上った。

ビリー・バックとカール・ティフリンが家に帰ってきたのはほとんど暗くなってからだった。「雨が降り出したときは、ベン・ハーチの家に雨宿りしていたんだが、雨は昼からずっと小降りになることがなかった」とカール・ティフリンが説明した。ジョディがビリー・バックを恨めしそうな目で見たので、ビリー・バックは責任を感じた。

「雨は降らないと言ったじゃないか」ジョディは彼を責めた。

ビリーは目を背けた。「当てるのが難しいんだ、この時期は」と彼は言ったが、その言い訳は説得力がなかった。間違いは仕方がないんだと平気で言い張る権利はなかったし、そのことは彼も知っていた。

「ポニーは濡れちゃった、ずぶ濡れだよ」

「拭いて乾かしたか?」

「麻袋で擦《こす》って、温かい穀粒をあげた」

ビリーはそれで良かったというように頷いた。

「風邪をひくと思う、ビリー?」

「ちょっとくらいの雨なら影響はない」とビリーは彼に保証した。

ジョディの父がそのとき二人の会話に加わって、少年に少し訓示を垂れた。「馬は」と彼は言った。「そこらの抱き犬とは違う」カール・ティフリンは弱気とか病気だとかを毛嫌いしており、さらに自分ではどうにもできないという不甲斐なさを強烈に軽蔑した。

ジョディの母がテーブルにステーキの大皿と茹でジャガイモと茹でカボチャを置いたので、その湯気で部屋が曇った。彼らは食べるため席に着いた。カール・ティフリンはまだ、甘やかしすぎると動物も人間もひ弱になるとぶつぶつ不満を述べた。

ビリー・バックは自分が犯した過ちを気に病んでいた。「あいつに毛布を掛けてあげたかい？」と彼は訊いた。

「ううん。毛布はどこにもなかったもん。でも背中に大袋は何枚か掛けた」

「じゃ、食べたら一緒にあそこに行って何かすっぽり掛けてあげよう」そう言うとビリーは気分が楽になった。ジョディの父が席を離れて暖炉のそばに行き、母が皿を洗っているとき、ビリーはカンテラを探してきてそれに火をつけた。彼とジョディはぬかるみの中を通って馬小屋に歩いて行った。馬小屋は暗く、生暖かく、いい香りがした。馬たちはまだ夕食の干し草をむしゃむしゃ食んでいた。「ほらカンテラを持ってくれ」とビリーは命じた。そして彼はポニーの足に触り、脇腹の熱を調べた。彼はポニーの灰色の鼻面に頬を当て、それからまぶたを上にめくりあげて目玉を見て、唇を上にあげて歯茎を調べ、それから耳の中に指を差し込んだ。「あんまり元気ないな」とビリーは言った。「マッサージをしてあげよう」

それからビリーは麻袋を見つけてきてポニーの両足を猛烈な勢いで擦《こす》り、胸部と、肩甲骨の間の隆起した部分を擦《こす》った。ガビランはどうにも精気がなかった。最後にビリーは鞍部屋から古い綿布団を持ってきて、ポニーの背中に回し、首と胸の周りにかけ紐で結んだ。

「これで明日の朝は元気になっているだろう」とビリーは言った。

ジョディの母は彼が家に戻ると顔をあげ「だいぶ夜更かしをしてるわね」と言った。彼女はがっしりした手で彼の顎を包み込み、目にかかったほつれ髪をかきあげながらさらに言った。「心配しなくていいのよ。ポニーは大丈夫。ビリーは国中のどんな馬のお医者さんより名医だから」

母が自分の悩みを見通せることをジョディは今まで知らなかった。彼はそっと母の手を離れ、暖炉の前に行き、胃が焼けるまで跪《ひざまず》いていた。体を徹底的に焦がし、それからベッドに入ったが、なかなか眠りにつけなかった。どれだけ長い時間がたったのだろうか、ふと目が覚めた。部屋はまだ暗かったが、明け方の前に現れる薄闇が窓に漂っていた。彼は起き上がりオーバーオールを見つけその脚部を手探りしたが、そのとき他の部屋の時計が二時を打った。彼は衣服を下に下ろし、またベッドに戻った。再び目が覚めたときはすでに日は高かった。三角鉄の鐘の音も気がつかず眠りとおしたのは初めてのことだった。彼は飛び起きて急いで衣服を着てボタンを掛けながら部屋を出た。母がちょっとだけ彼の後姿を見送ったが、何も言わずに仕事に戻った。彼女の目は何かを深く心配しているようだったが思いやりがあった。ときおり口元から少し微笑がもれたが、目つきはまったく変わらなかった。

ジョディは馬小屋のほうに走った。半分ほど行ったところで恐れていた声が聞こえた——よく馬があげるうつろで気になる咳だった。それから先彼は全力疾走した。馬小屋に入るとビリー・バックがポニーのそばにいた。ビリーはその強くごつごつした両手でポニーの肢を擦《こす》っていた。彼は顔をあげてにこやかに微笑した。「ちょっと風邪を引いたな」とビリーは言った。「一日もすれば抜けるだろう」

ジョディはポニーの顔を見た。目は半分閉じられ、まぶたは厚ぼったくて乾いていた。目尻には目やにがこびりついていた。ガビランの耳は両側に垂れ頭は低く下がっていた。ジョディは手を差し伸ばしたが、ポニーはその近くに寄ってこなかった。ポニーはまた咳をしたが、そのとき苦しそうに体全体を収縮させた。鼻から薄い鼻水が流れ落ちた。

ジョディはビリーを振り返った。「ひどい病気だよ、ビリー」

「ちょっと風邪気味だ、さっき言ったとおりだ」とビリーは頑固だった。「君は帰って朝ごはんを食べて、それから学校に行きなさい。こいつはわしが面倒を見る」

「でもあんたは他に仕事があるんじゃないの。そしたらこの子の面倒は見られないよ」

「いやそんなことはない。絶対目は離さない。明日は土曜日だ、そうしたら君は一日中こいつのそばにいられる」ビリーは二度うそをいったことになるので、ひどく申し訳ないと思っていた。

ジョディは家のほうに歩いて帰り、落ち着かないままテーブルの自分の席に坐った。卵とベーコンは冷めて脂が浮いていたが、彼はそれにも気づかなかった。いつもの分量を食べた。学校を休んで家にいていいかとも頼まなかった。彼の母は皿を片付けながら彼の髪を後ろに撫で上げた。「ポニーはビリーが面倒を見てくれるからね」と母は彼を励ました。

彼は学校では一日中ぼんやりふさぎ込んでいた。質問にも答えられず、当てられた単語も読めなかった。誰にもポニーが病気であることを教えなかった。教えればポニーの病気がもっとひどくなるかもしれなかったから。やっと学校がひけると彼は恐れながら家路についた。彼はゆっくり歩き友達に置いてきぼりにされるにまかせた。いっそずっと歩き続け農場に帰りつかなければよいと思った。

ビリーは、約束したとおり、ポニーのそばにいた、がポニーはさらに悪くなっていた。ポニーの目は今やほとんど閉じられたままで、鼻の中が詰まっているのでその息はするどく高くヒューヒューと響いた。目はやっと開いている部分があってもそこには薄膜が覆っていた。もはやポニーに視力があるのかどうか疑わしかった。ポニーはときおり痰《たん》をきるために鼻息を荒くしたが、それによってさらに痰を押し込んでいるようにみえた。ジョディはポニーの被毛を見てさらに落ち込んだ。毛は荒れて毛並みが悪くかつての光沢をすべて失ったかのようだった。ビリーは黙って馬房のそばに立っていた。ジョディは、聞くのが嫌だったが知らねばならなかった。

「ビリー、この子は、あのう、良くなるの?」

ビリーはポニーの上あごの下の馬銜《はみ》を入れる部分に指を差し込み感触を探った。「ここを触ってごらん」と言って、上あごの下の大きなしこりにジョディの指を導いた。「そいつがもっと大きくなったら、そこを切開する。そうすればこいつは気分が楽になるだろう」

ジョディは急いで目をそらした。というのはそのしこりのことを前に聞いたことがあったからだ。「いったいこの子はどこがどうしたっていうの？」

ビリーは答えたくなかったが、黙っているわけにはいかなかった。三度も間違ったことを言うことはできない。「馬ディステンパー（訳注：馬の気管粘膜の化膿性炎症）だ」と彼はぽつりと答え、「でも心配するな、わしが治してあげる。ガビランよりひどい状態だった馬が何頭もよくなったのを見てきている。今からこいつに蒸気を当ててるんだが、手伝えるか？」

「はい」ジョディは惨めな気持ちで答えた。彼はビリーに従って穀物室に入り、ビリーが蒸気袋を用意するのを見ていた。それは、馬の耳にかける革帯がついた、ズック製の長い飼い葉袋だった。ビリーはそれに麦かすが三分の一になるまで入れ、干しホップを片手いっぱい分掴んで二回入れた。干しホップの上に彼は石炭酸を少々とテレビン油を少々注いだ。「わしはこの袋の中身をかき混ぜているからその間に、君は家に駈けて行き、ヤカンに熱湯を入れて持ってきてくれ」と、ビリーは言った。

ジョディが湯気の立っているヤカンを持って帰ってくると、ビリーはガビランの頭の上に革紐を掛けて締め、ガビランの鼻の周りに飼い葉袋をしっかりと取り付けた。それから、袋の脇の小さな穴から熱湯を穀物の上に注いだ。もうもうたる蒸気が立ち始めるとポニーは驚いて足踏みしたが、しばらくすると鎮静剤的な刺激臭がその鼻を通って肺に入り、強烈な湯気が鼻の通路を清掃し始めた。ポニーは大きな音をたてて呼吸した。足を瘧慄《おこりぶるい》いさせ、刺激の強い蒸気のため目を閉じた。ビリーはさらに熱湯を注ぎたし、十五分間湯気を立ち上らせたままにした。やっと彼はヤカンを下ろし、ガビランの鼻から袋を外した。ポニーは気分が良さそうだった。自由に呼吸し、前よりずっと大きく目を開いた。

「ほら見ろ、気持ちよさそうだろ」とビリーは言った。「じゃ今度はまたこいつの体を毛布でくるもう。あるいは朝にはかなり治っているかもしれない」

「僕、今晩はここにいる」とジョディが了解を求めた。

「いや、それはやめなさい。わしが自分の毛布を持ってきて干し草の中で寝る。君は明日一緒にいなさい、そして必要なら蒸気を通してあげるといい」

二人が夕食のため家に向かったときはすでに夜の帳《とばり》が降りかけていた。鶏の餌やりや薪箱を埋める仕事を誰かほかの人がやり終わったことさえジョディは思いつかなかった。彼は家を通り越して暗くなったブラッシュ境界線まで歩き、桶から水を一杯飲んだ。泉の水はすごく冷たくて口がひりひり痛くなるほどで体がブルっと震えた。山々の上空にはまだ明かるさがあった。空中高く一羽のタカが飛んでいるのが見えたが、それが胸に太陽の光を受け火の粉のように光って見えた。二羽のムクドリモドキが、照り映えながら、敵なるタカに攻撃をかけて空中で追い回していた。西空では、雲が湧き始めまた雨を呼んでいた。

ジョディの父カール・ティフリンは家族が夕食を食べる間一言もしゃべらなかったが、ビリー・バックが彼の毛布を抱えて馬小屋の中で寝るため下がったあと、暖炉にたっぷり薪をくべ、昔話を聞かせた。未開の土地を裸で駆け巡り、馬のような尻尾と耳をした野蛮人の話をしたり、モロコヨ湿地の兎猫が木に飛び上がり鳥を捕まえた話をしたりした。あのマクスウェル兄弟が金の鉱脈を見つけたもののその在り処《か》をあまりに巧みに隠したのでその金鉱が二度と見つからなかったという有名な話もした。

ジョディは顎を手に埋めて坐っていた。彼は口を神経質にもぐもぐ動かしていたので、父は次第に、息子が熱心に聞いていないことに気づきだした。「面白い話だろう？」と彼は訊いた。

ジョディは社交儀礼的に笑い、そして言った、「はい、お父さん」それで、父は腹をたてて同時に傷ついた。そしてそれ以上昔話はしなかった。しばらくして、ジョディはカンテラを取り出し、馬小屋に出かけて行った。ビリー・バックは干し草の中で眠っていた。そして、ポニーは、呼吸するとき肺の中で嫌な音を立てる以外は、だいぶ体調が上向いたようだった。ジョディは少しだけそこに留まり、荒れた赤い被毛に指を絡ませていたが、やがてカンテラを取り上げ、家に帰った。ベッドに入ったとき、母が部屋に入ってきた。

「上布団はそれで大丈夫？　冬が近いから」

「はい、お母さん」

「じゃ、今晩はゆっくり休みなさい」彼女は部屋を出るのがためらわれて、心もとなげに立っていた。「ポニーはきっと大丈夫よ」と彼女は言った。

ジョディは疲れていた。彼はすぐに寝つき明け方まで目が覚めなかった。三角鉄の鐘がなり、ビリー・バックはジョディが家を出る前に馬小屋から出てきた。

「様子はどうなの？」とジョディは尋ねた。

ビリーはいつも朝食を早食いした。「まあまあだ。今朝、あのしこりを開くつもりだ。そしたらもっとよくなるかもしれん」

朝食が済むと、ビリーはとっておきの、先が針みたいに細いナイフを取り出した。彼はピカピカの刃を炭化ケイ素の砥石で長いあいだ研いだ。彼は何度も何度もその先端と刃を、たこができた彼の親指の根の膨らみに当てて試し、それから最後に自分の上唇で試した。

馬小屋に行く途中、ジョディは若草が芽生え、刈り株が日に日に溶けて新芽のひこばえが出て自生の麦になろうとしていることに気づいた。晴れた寒い朝だった。

ポニーを見るとすぐジョディは容体が悪化しているのを知った。その目は閉じられ乾いた粘液で塞がれていた。頭を低く垂れ鼻の先が寝床の麦わらに届かんばかりだった。息をするたびに、小さな呻《うめ》き声が、我慢しながら腹の底から搾り出されているように聞こえた。

ビリーは馬の弱った頭を持ち上げ、一気にナイフで切った。ジョディは黄色い膿《うみ》が出るのを見た。ビリーが薄めた石炭酸の軟膏を傷口に塗りつける間ジョディはポニーの頭を支えた。

「これでだいぶん楽になるだろう」とビリーは彼を安心させた。「あの黄色い毒が病気のもとだ」

ジョディは信じられないという顔でビリー・バックを見た。「ポニーの病気はめちゃくちゃ悪いよ」

ビリーは危うくいい加減な気休めを言うところだったが、やっと踏みとどまり、何と言うべきか長い間考えた。「そうだ、相当悪い」と、とうとう言った。「これまでもっと悪い馬が治るのを見ている。肺炎にかからなければ、切り抜けられるだろう。君はここにいてくれ。様子が悪くなったら、わしを呼びに来てくれ」

ビリーが去ってから長い間、ジョディはポニーのそばに立って、耳の後ろを撫でていた。健康なときには頭をピクッと動かしたものだがそんな反応はなかった。息をするときの呻き声がだんだん弱々しくうつろになってきた。

ダブルトリー・マットが大きな尻尾を挑戦的に振りながら、馬小屋の中を覗いたので、ジョディはそいつの丈夫さがあまりにも癪《しゃく》にさわって、床の上の黒い土くれを拾い上げ、狙いを定めて投げつけた。ダブルツリー・マットは顎に傷をつけられキャンと悲鳴をあげて逃げた。

午前のいい時間にビリー・バックは戻ってきて、もう一度蒸気袋の治療を試みた。ポニーが前回見せたように今度も回復するかどうかジョニーは固唾《かたず》をのんで見守った。ポニーの息は多少楽になったが、頭は上げなかった。

この日の土曜日は時間が経つのが遅かった。昼遅くになってジョディは家に帰り、寝具を持ち込み、干し草の中に寝る場所を作った。彼は断りもしなかった。母が彼を見る目から何をしても許してくれると彼にはわかった。その夜、彼はカンテラを馬房の上に張られた鉄線に吊るしたままにした。ときどきポニーの肢を擦りなさいとビリーに言われていた。

九時に風が強くなり、馬小屋の周りで唸りをたてた。ジョディは、心配でたまらないのに眠くなってきた。彼は毛布に潜り込み、眠ったが、夢の中で、ポニーが息をするときの呻きが聞こえた。眠っている間に、何かがガタンガタンする音がしつこく続き、とうとう目が覚めた。風が馬小屋の中を激しく吹き抜けていた。彼は飛び起き、馬房の通路に目をやった。馬小屋のドアが風で開かれており、ポニーが抜け出していた。

彼はカンテラを掴み、暴風の中に飛び出すと、ガビランが頭を下げ、ゆっくりと無意識に足を動かし、暗闇の中によたよたと歩いているのが見えた。ジョディが走っていき前髪を掴むと、ポニーはおとなしく引かれ自分の馬房に連れ戻された。ポニーの呻き声はさらに大きくなり、鼻からヒューヒューという激しい音が漏れた。それ以後ジョディはもう眠らなかった。ポニーがたてるシューシューという息の音はさらに大きく鋭くなっていった。

彼は明け方にビリーが入ってきたときほっとした。ビリーは、それまで一度も見たことがなかったかのようにポニーをしばらく眺めた。彼は耳と脇腹を触った。「ジョディ」と彼は言った。「これからすることは君に見せたくないな。しばらく家に帰っていなさい」

ジョディは彼の前腕を激しく掴んだ。「まさか射殺するんじゃないよね？」ビリーは彼の手を撫でた。「しないよ。息ができるように喉笛に小さな穴を開けようと思う。鼻が詰まっている。病気が治ったら、その穴に小さな金ボタンを埋めてそこから息をさせよう」

ジョディはたとえ逃げたくても立ち去ることはできなかっただろう。赤い被毛が切られるのを見るのは恐ろしいことだったが、切られるのがわかっているのに見ないのは文句なくもっと恐ろしいことだ。「どうしてもここにいる」と彼は悲痛な声で言った。「どうしても切らなきゃならないの？」

「ああ。どうしてもだ。居るのなら、こいつの頭を持っていてくれ。そのー、気分が悪くならなければだが」

鋭利なナイフがまた取り出され、最初と同じように念入りに研がれた。ビリーがあちこちを手で触りながら切り場所を探している間、ジョディはポニーの頭と首をきちんと支えていた。いよいよピカピカのナイフが喉の中に消えるとジョディはしゃくりあげて泣いた。ポニーは弱々しく後肢を上げて飛び上がったが、その後は元の立ち位置に戻り激しく震えた。血がどっとナイフに流れ出てビリーの手を伝ってワイシャツの袖に流れ込んだ。練達の男の頑丈な手が首の肉に丸い穴を切り開くと、開いた穴から息が吹き出て、したたかな量の血が飛び出た。一挙に酸素が入ったのでポニーは突然元気が出た。ポニーは後ろ脚で蹴りかかりそのまま立とうとしたので、ジョディがポニーの頭を抑えつけ、その間にビリーが新しい傷口に石炭酸の軟膏を塗りつけた。処置はうまくいった。血の流れが止まり、空気が小さくブクブク音を立てながら規則正しく穴から抜け出ては吸い込まれた。

昨夜の風でもたらされた雨が馬小屋の屋根に落ち始めた。そのとき朝食を知らせる三角鉄の鐘が鳴った。「わしはここで待っているので君は帰って食べてきなさい」とビリーが言った。「この穴が詰まらないように気を付けとかないとね」

ジョディはゆっくり馬小屋を出た。彼はあまりに気落ちしていたので馬小屋のドアが風にあおられて開きポニーが外に出たことをビリーに報告することもできなかった。彼は薄暗い朝の雨の中に出てゆき、ピチャピチャ濡れながら家に向かい、被虐的な喜びを味わうため泥水の中を歩いて泥を体に跳ね上げた。母が彼に食事を与え、乾いた衣服に着替えさせた。彼女は何も訊かなかった。訊いても答えられないことを知っているようだった。しかし彼がまた馬小屋に帰ろうかというとき、彼女は湯気の出ている熱い食べ物を鍋いっぱいに入れて持ってきた。「あの人にこれをあげなさい」と彼女は言った。

しかしジョディは鍋を受け取らなかった。彼は、「ビリー何も食べられないよ」と言って、家を飛び出した。馬小屋に着くと、ビリーが棒きれに綿玉を巻きつけることを教え、息をする穴が粘液で詰まろうとしたらそれで拭き取るのだと言った。

ジョディの父が馬小屋に入ってきて、馬房の前で二人のそばに立った。やっと彼は少年に向かって言った。「私と一緒に出てこないか？　山の上まで馬で案内してあげる」ジョディは頭を横に振った。「来たほうがいい、ここから出なさい」と父はしつこかった。

ビリーが怒気荒く彼に反抗した。「ほっときなさいよ。ポニーは彼のものでしょうが？」

カール・ティフリンはそのあと一言も言わず出て行った。彼は自尊心をひどく傷つけられた。ジョディは午前中はずっと傷口を開いたままにして空気を自由に出入りさせた。正午になるとポニーは疲れきった様子で片腹を下にして鼻を伸ばしたまま横になった。

ビリーが戻ってきた。「今晩も一緒にいるつもりなら、少し昼寝をするといい」と彼は言った。ジョディは聞こえているのかいないのか馬小屋を出て行った。空は晴れ上がり目に染みるような透き通る青空が出ていた。ここかしこで小鳥たちが雨に濡れた地表に出てきた虫を取るのに忙しかった。

ジョディはブラッシュ境界線まで歩き、苔むした木樽の淵に坐った。見下ろすと、彼の家と、古い寝泊りの小屋と黒い糸杉の木が見えた。それはみんな慣れ親しんだ光景だが、不思議に何か変わっていた。もはやただそのもの自体ではなく、それは現在進行中の何かを入れる額縁だった。今や東のほうから冷たい風が吹いてきていたが、それはもうしばらくは雨が上がったことを示していた。足元を見ると新しい雑草が小さな腕を地表に伸ばしていた。泉の周りの泥地にうずらの足跡が数多く残っていた。

ダブルツリー・マットが野菜畑を通って決まり悪そうに横から近寄ってきたので、ジョディは土くれを投げつけたことを思い出して、犬の首に腕を回し広い黒色の鼻にキスした。ダブルツリー・マットは、何か厳粛なことが起きようとしているかのごとく、静かに坐った。犬はその大きな尻尾で地面をおごそかに打った。ジョディはマットの首から膨れたダニをつまみ出し、親指と親指の爪で潰して殺した。気持ち悪いことだった。彼は冷たい泉の水で手を洗った。

風がヒューヒューと吹き続けているほかは、農場はとても静かだった。昼を食べに降りて行かなくても母は心配しないことをジョディは知っていた。しばらくたって、ジョディは馬小屋のほうにゆっくり足を運んだ。マットは自分の小屋に潜り込み、長い間優しく鼻を鳴らし続けた。

ビリー・バックは腰掛けていた箱から立ち上がり、綿棒を捨てた。ポニーは依然片腹を下に寝ていて、喉の傷口が開いたり閉じたりしていた。その毛がなんと乾ききって生気がないかを見たとき、ジョディはもはやポニーに希望はないとついに悟った。これまでに犬や牛の死んだ被毛を見たことがあるが、それは確実な死の予兆だった。彼はどさっと箱の上に坐り込み、馬房の柵を下ろした。長い間彼はぴくぴく動く傷口を見ていたが、いつの間にかまどろんだ、そして午後は急速に経過した。暮れなずむ時分に母がシチューの深皿を彼のために運んできて出て行った。ジョディは一口二口それを食べ、とうとう暗くなってきたとき、彼はポニーの傷口がよく見えるようにカンテラをポニーの頭のそばの床の上に置き、傷口を開いたままにしておいた。風は猛烈に吹き続け北の冷気を運んできた。ジョディは干し草の中から自分の毛布を持ってきてその中にくるまった。ついにガビランの息が静かになった。喉の穴が緩やかに動いた。干し草置き場にいたフクロウが屋根裏から飛び出し甲高く鳴きながらハツカネズミを探し求めた。ジョディは頭に両手を当てて眠った。眠っていても風が激しくなるのに気づいていた。風が激しく馬小屋を打ち付けるのが聞こえた。

目覚めた時には日が高かった。馬小屋のドアは開け放たれていた。ポニーはいなくなっていた。彼は飛び起きて朝の光の中に走り出た。ポニーが通った跡は、若草の上に降りた霜のような朝露の中をだらだらと続いているので一目瞭然だった。蹄《ひづめ》が引きずられてついた小さな線の両側にタイヤの跡が見えた。それはブラッシュ境界線の方に向かって尾根の中腹まで進んでいた。ジョディは駆け足になってそのあとを追った。あちらこちらの地中から突き出ている尖《とが》った白い石英の上に太陽が照りつけていた。彼がまっすぐ足跡を追って進んでいると、目の前に影が横切った。見上げると黒いアメリカハゲタカが空高く輪を作っているのが見えた。その輪がゆっくり旋回しながら徐々に下降してきた。不吉な感じを与えるその猛禽たちはやがて尾根の向こうに消えた。ジョディはそれからパニックと怒りに後押しされてさらに速度を上げて走った。ポニーの通った道はついにブラッシュの中に入り、背の赤いヤマヨモギの藪の中の曲がりくねった道になっていた。

尾根の頂きまで来るとジョディは息が切れた。彼は立ち止まり、ゼーゼーと息をした。耳の中で血液が音を立てて流れた。そのとき今まで探していたものが見つかった。眼下の、ブラッシュの中の小さな空き地に、赤いポニーが横たわっていた。遠目にも、ジョディはポニーの肢が緩慢にピクピクと動いているのが見えた。そして、ポニーの周りにアメリカハゲタカが輪を作って立ち、死の瞬間を待っていた。奴らはその時を知っていた。

ジョディは前に飛び跳ね丘を一気に駆け下りた。濡れた地面が彼の足を引っ張りブラッシュが彼を邪魔した。彼が着いたときには、万事休すだった。最初のハゲタカがポニーの頭の上に坐っており、黒目の体液で滴らせたくちばしを持ち上げたばかりだった。ジョディはその輪の中に猫のように飛び込んだ。黒い暗殺団は一斉に飛び立ったが、ポニーの頭に乗っていたでかいハゲタカは一瞬遅れた。そいつが飛び立つ助走を始めたとき、ジョディはその翼の先端を掴み引き下ろした。彼の体とほぼ同じ大きさだった。握られていないほうの翼が棍棒のような力で彼の顔にぶつかったが、彼は踏ん張った。ハゲタカの爪が彼の足に食い込み翼の肘で彼の頭の両側をめったうちにした。ジョディは片方の自由な手でやみくもに手探りした。彼の指がもがく鳥の首を捉えた。真っ赤な目が、落ち着き、恐れもなく、かつ獰猛に、彼の顔を覗き込んだ。毛のない頭が左右に揺れた。そのときくちばしが開き、腐臭を放つ流動体をどさっと吐き出した。ジョディは片膝を立て巨大な鳥を組み伏せた。片手で首根っこを地面に押し付けながら、もう一方の手で尖った白い石英の塊を探した。最初の一撃でくちばしが横に裂け、黒い血がゆがんだ硬い口元から噴き出た。彼はもう一撃加えたが今度は打ち損じた。赤い大胆不敵な目がまだ彼を見ていた、無感動な、恐れを知らない、超然とした目で。彼は、何度も何度も、ついにハゲタカが死に絶え、その頭が真っ赤なぐじゃぐじゃな肉になるまで、打ち付け続けた。ビリー・バックが彼を引き離し、体の震えを止めるためしっかり抱きしめるまで、彼はまだ鳥の死体を打ち付けていた。

カール・ティフリンが赤いバンダナで少年の顔の血を拭った。ジョディはよろめいたがやっと落ち着いた。彼の父はつま先でハゲタカを蹴飛ばした。「ジョディよ」と彼は説教した。「ハゲタカがポニーを殺したんじゃない。そんなことわからないのか?」

「わかっています」とジョディはものうげに答えた。

怒ったのはビリー・バックだった。彼はジョディを腕の中に抱え、家に運んで帰ろうと去りかけていた。しかし、彼はカール・ティフリンのほうに向き直った。「あたりまえだ、わかっているさ」とビリーは怒りを抑えきれず言った。「あんた、あの子の気持ちがわからないのか?」

再訪のバビロン

1931

F・スコット・フィッツジェラルド

作品について　「再訪のバビロン」（*Babylon Revisited*）は一九三〇年に執筆され、一九三一年二月二十一日に『サタディ・イブニング・ポスト』誌上で初めて発表された。

バビロンは古代メソポタミアの都市で、旧約聖書における「バベルの塔」のバベルはヘブライ語が語源でそれとギリシャ語のバビロンは同じ場所と考えられている。バビロンは西欧キリスト教文化では逸楽と悪徳で栄える都市の意味を帯びる。そんな都市を、華やかさと同時に享楽と退廃を象徴した一九二〇年代のパリとそこで享楽に明け暮れた主人公自身の過去に重ね合わせたのが「再訪のバビロン」の中のバビロンであろう。

この短篇は一般にフィッツジェラルドの最高傑作の一つと考えられており、村上春樹も絶讃している（村上春樹編訳『バビロンに帰る』所載、「『バビロンに帰る』のためのノート」で、村上は〝これは間違いなく、フィッツジェラドのA＋の傑作である〟と書いている）が、モームは、「あまりできの良いストーリーとは思わない。理由は文章に不注意なところがあり、あまり納得感がないからだ」と非常に辛口の評価をしている。それは、パリ市内の道筋の描写の間違いと思われる箇所があることや一部の評者によって指摘されているように時間経過に対する叙述が不正確であるが、それらを嫌ったためかも知れない。それでもこれを取り上げたのは、「当時のアメリカの若者たちがなぜフランスの都パリやリビエラに憧れたか、そこに何を求め、そして何を発見したか、その時代を生き生きと表現しているからだ」、と言っている。モームと一般の批評家の評価の違いは、文学作品の評価基準についてそれぞれの作家の主張と好みの違いによるものだろう。

従来の邦訳は「バビロン再訪」が主（村上訳の『バビロンに帰る』は例外的）であるが、原題を字義どおりに解釈するなら、バビロンに焦点が当たっているので『再訪のバビロン』のほうがより適切であると思われる。

作者について　F・スコット・フィッツジェラルド（F. Scott Fitzgerald）は一八九六年九月二十四日にミネソタ州セントポールで生まれ、一九四〇年十二月二十一日にカリフォルニア州ハリウッドにて満四四歳で死去した。一九一三年に名門プリンストン大学に入学したが、単位不足や健康問題などで一九一七年に中退し、同年陸軍に入隊した。しかし一九一八年第一次大戦の終結とともに、ヨーロッパに渡ることなく軍隊を除隊した。「ジャズエイジ」とか「フラッパー」（赤い口紅に断髪の反伝統的な超モダンガールズ）と呼ばれる時代の芸術家の先駆者である。アーネスト・ヘミングウェイなどとならんでいわゆる「ロスト・ジェネレーション」の代表的作家の一人である。一九二〇年代がフィッツジェラルドの最も輝いたころで、彼は執筆の合間をぬってヨーロッパに旅行しており、パリや南仏のリビエラではヘミングウェイらに出会っている。美人の妻ゼルダ・セイヤーとの絢爛《けんらん》たる生活が世間の注目を集めたが、一九二九年の大恐慌後、経済的な苦境と結婚の綻びが重なり生活は荒れ、晩年は精神を病んだゼルダと離れて、「ハリウッドの雇い脚本家だ」と自嘲しながら経済的には同居する愛人のゴシップコラムニストに助けられていた。未完成の小説を執筆中に心臓麻痺《まひ》で死亡した。

代表作：『美しく呪われし者』(一九二二年)、『グレート・ギャツビー』(一九二五年)、『夜はやさし』(一九三四年)など

I

「それからキャンベルさんはどこにいるの?」とチャーリーは訊いた。

「スイスに越されました。キャンベル様はかなり具合が悪いようです、ウェールズ様」

「そりゃ気の毒だ。それからジョージ・ハートは?」とチャーリーは尋ねた。

「アメリカに帰国されました。仕事に就かれたそうです」

「それじゃあの〝スノーバード〟(訳注:通常は「ユキヒメドリ」などの鳥の意味だが、退職した「避寒者」とか「麻薬常習者」の意味もある)はどこなの?」

「先週こちらにお見えでしたね。いずれにせよ、あの方のお友達のシェファー様はパリにおられますよ」

その二人は、一年半前に付き合っていた知り合いの長い名簿の中にある親しい名前だった。チャーリーはある住所を手帳になぐり書きしてそのページをちぎった。

「シェファーさんに会ったら、これを渡してくれないか」と彼は言った。「義兄の住所だ。僕はまだホテルが決まっていないのでね」

パリが蛻《もぬけ》の殻《から》になっているのを知っても彼は特にがっかりしたわけではなかった。しかし、リッツのバーの静けさは異常で不吉だった。それはもはやアメリカのバーではなかった――どこかよそよそしい礼儀正しさがあり、我が物顔に振る舞える感じがなかった。また以前のフランスのものになっていた。その静けさは、彼がタクシーを出てドアボーイを見たときから感じていた。ドアボーイというのはいつもこの時間になればあたふたと動き回っているものなのだが、使用人の出入り口の近くで従者と噂話に夢中になっていた。

廊下を通っているときでも、かつては騒々しかったご婦人の手洗いからは退屈した声が一回聞こえただけだった。角を曲がってバーに入ると、彼は昔の習慣で目の前をまっすぐ見ながら二十フィートある緑の絨毯を進み、それからカウンターの足掛け桟に片足をしっかり載せ、振り返って部屋の中を見渡したが、隅のほうにいた男が新聞からちらちらあげた二つの目に出会っただけだった。チャーリーはバーテンダー頭のポールはどうしているのかと訊いた。ポールは株式市場が強気だった時代の後半には特注の自家用車で出勤していたが、車から降りるときはちゃんと礼儀をわきまえて最寄りの角で車から降りる男だった。しかし、ポールは今日は別荘に行っているので、アリックスがチャーリーに状況を教えてくれていた。

「いや、もう結構だ」とチャーリーは言った。「近頃は抑え目にやっているんだ」

アリックスがそれは結構ですねと言った。「二年前はかなりお盛んでしたからね」

「大丈夫、これからもこの調子でいくつもりだ」とチャーリーは自信に満ちていた。「もう一年半もこんな調子だ」

「アメリカの景気はどうですか？」

「アメリカにはもう長い間帰っていない。いまプラハで仕事をしているんだ、あそこで二つばかり会社の代理店をやっている。あそこじゃ僕のことを知っている人はいないからね」

アリックスはにっこり笑った。

「ジョージ・ハートが独身最後の会食をここでやった晩のことだけど、覚えているかい？」とチャーリーは訊いた。「ところで、クロード・フェッセンデンはどうしてるの？」

アリックスは内緒話をするように声をひそめた。「パリにおられるのですが、うちにはもうお見えになりません。ポールに足止めされているんですよ。酒代や昼飯代のほかに、たいてい夕食もこちらでしたが、一年以上全部つけにして、三万フランも代金がたまりましてね、ついにポールが全部払ってくれと迫ったら、小切手で払ったのですよ。ところがそれが不渡りでした」

アリックスは悲しそうに首を横に振った。

「まったく理解できません、あんなにおしゃれな方だったのに。いまじゃあの人はこんなに膨れてしまって――」と言って、彼は両手でまるまる大きなリンゴの形を作った。

女装したおかまの一群が声高にうるさく隅の方に陣取るのをチャーリーは眺めていた。

「何があっても連中は変わらない」と彼は考えた。「株は上がり下がりする。我々は失業したり、就職したりする。しかし連中は永遠にあのままだ」この雰囲気に彼はうんざりした。彼はサイコロを持ってこさせ、アリックスと酒代を賭けて振った。

「長くご滞在ですか、ウェールズ様」

「ここにいるのは四、五日だ、娘に会いにきた」

「おやそうでしたか。お嬢さんがおありで？」

外では、火の赤さ、ガス灯の青さ、幽霊の緑色をしたネオンサインが静かな雨の中にくすんできらめいていた。午後は夕方に近く、街路はざわめき始めていた。ビストロがちらちら光を放った。カプシーヌ大通りの角で彼はタクシーを拾った。桃色の威厳を漂わせたコンコルド広場を過ぎた。道なりにセーヌ川を越すと、チャーリーは突然左岸に野暮ったい雰囲気を感じた（訳注：セーヌ川の流れに向かって左岸は、反対側の繁華街や享楽街と違ってかつては概して静かで、作家や芸術家が好んで住んだ安いアパートなどもあった）。

チャーリーは、方角違いだったがタクシーをオペラ大通りに向かわせた。どうしても黄昏《たそがれ》時《どき》の微光があの荘厳なオペラ座のファサードの上に広がるのを見たかったし、「レントより遅く」（訳注：ドビュッシー作ピアノ独奏曲、ワルツ）の最初の二、三楽章を休みなく鳴らし続けるタクシーの警笛（訳注：当時運転手が好みの音楽を警笛替わりに鳴らすのが流行っていた）が第二帝政のトランペットであると夢想したかったのだ。ブレンタロ書店の前の鉄格子は閉まりかけていたし、レストラン・デュヴァルズのブルジョア風の瀟洒《しょうしゃ》な生垣の向こうですでに夕食をとっている人たちがいた。彼はかつて一度もパリの本当に安いレストランで食べたことがなかった。五品のフルコースの、ワイン付きで、四フラン五十、米ドルでたったの十八セントだ。突飛なことだがわけもなく彼は自分も食べておけばよかったと悔やんだ。

タクシーが左岸に向かってどんどん進んでいくと、彼は突然その野暮ったさを感じて、考えた、「俺はこの町の良さを無視していい加減に生きていた、全然気がつかなかったが、毎日がただ明けては暮れて、そのうち二年が過ぎた、何もかも過ぎた、そして俺自身も過ぎた」

彼は三十五で、顔立ちもよかった。顔に見えるアイルランド人特有のどこにでも自由に行き来する自由な気風は眉間の深い皺《しわ》で緩和されていた。彼が、パラティーヌ通りの義兄のアパートのベルを鳴らすとき、その皺は眉毛を引き下ろすほどさらに深くなった。彼は胃がひきつるような感覚を覚えた。ドアを開けたメイドの背後から、可愛い九つの娘が飛び出して、「パパ!」と叫び、魚のように身体をくねらせて、彼の腕の中に飛び上がった。彼女は耳を引張って彼の顔を横に動かしその頬に自分の頬をくっつけた。

「愛《いと》しのわが子よ」と彼は言った。

「ああ、パパ、パパ、パパ、パパ、パーパ、パーパ、パパー!」

彼女は彼の手を引いて客間に案内した。そこにここの家族、すなわち男の子と彼女と同じ年の娘と、彼の義姉と義兄が待っていた。彼はまず義姉のマリオンに挨拶したが、そのときの声はわざとらしい感激や嫌悪感のいずれも避けるように調整されていた。彼女のほうの反応はもっとあからさまに冷淡だった。ただ彼女の抜きがたい不信感の表情は彼に直接ではなく彼の娘に向けることで最小限に抑えられてはいた。男二人は親しみをこめて手を握りあい、リンカン・ピーターズはわずかの間だがチャーリーの肩に手を乗せた。

部屋は暖かくアメリカ風で快適だった。三人の子供たちは互いに仲良く動き回り、他の部屋につながっている黄色い横長のスペースを縦横に遊び続けた。六時の食事を歓迎する雰囲気は、暖炉の火が待ちかねてぱちぱち音を立て、台所からフランス流のざわめきが聞こえることで伝わった。しかし、チャーリーはくつろげなかった。彼の心は体の中でこわばって緊張したが、娘が彼から土産にもらった人形を腕に抱えてときどき近くに来てくれるので自信を取り戻した。

「本当に極めて順調です」彼はリンカンの質問に対して断言した。「あの国では全然だめな商売が多いのですが、私の場合むしろ前より調子がいい。実際、あきれるほどいいんです。家事をやってもらうために来月アメリカから妹を呼び寄せるつもりです。昨年の収入は私に金があったころより多かったですからね。ほらあれですよ、チェコ人は――」

彼が自慢しているのには決まった目的があったのだが、一瞬気がついてみれば、リンカンがつまらなそうにそわそわしているので、話題を変えた。

「立派なお子さんたちですね、躾《しつけ》が行き届いて行儀がいい」

「オナリアもとてもよくできた子だと思いますよ」

マリオン・ピーターズが台所から戻ってきた。彼女は背が高く、昔は瑞々《みずみず》しいアメリカ女性の美しさを持っていたが、いまや目は苦悩に満ちていた。これまでチャーリーはその美しさのことを意識したことがなく、彼女がかつては綺麗だったなどと人が語るときいつも驚いた。彼ら二人の間には最初から本能的な反感があったのだ。

「ところで、オナリアを見てどう思いました？」と彼女は尋ねた。

「素晴らしい。十ヶ月でこんなに成長したかと驚きました。子供たちはみんな元気そうですね」

「私どもの家では一年間お医者さまをお呼びしたことはありません。パリに戻ってみていかがですか？」

「アメリカ人があまりに少ないのでとても変な気がしています」

「私は喜んでいます」とマリオンは激しい口調で言った。「店に入ると誰でも百万長者だという目で見られていましたが、今は少なくともそれはないですから。私たちもみんなと同じく被害をうけたのですよ、でも全体的にみればずっと住みやすくなりました」

「しかし、あの頃は愉快でした」とチャーリーは言った。「当時は、みんな王侯貴族みたいで、何をしても間違いを犯すことなど考えられなくて、不思議な魔力に守られていた。実は先ほどバーで――」と言いかけて、しまったと思い言いよどんだ。「いやあ、知っている人は誰もいませんでした」

彼女は彼をきびしい目で見た。「もうバーは十分すぎるほど経験したのではなかったかしら」

「ほんのちょっと覗《のぞ》いただけです。午後はいつも一口飲むことにしているのですが、それ以上はいただきません」

「夕食前にカクテルを一杯いきませんか?」とリンカンが訊いた。

「午後は一杯だけにしています。今日はもういただきましたから」

「それを続けてもらいたいわね」と彼女は言った。彼女の口調から、嫌っていることは明らかだったが、チャーリーはにっこりしただけだった。彼にはもっと大事な仕事があった。彼女のほうから先に攻撃的に出たので彼は有利な立場に立ち、あとは待てばいいと踏んだ。彼がパリに戻ってきた理由を彼らは知っており先にその件の口火をきってもらいたかった。

夕食時、オナリアは自分と母親とのどちらによく似ているかを考えたがチャーリーは決めかねた。二人の性格が悲劇を生んだのだから、娘がその両方を受け継いでいなければ幸いだと思った。この子を護ってあげたいという気持ちが大波のように彼を包んだ。彼女のために何をしたらいいかわかっているつもりだった。彼は、性格が基本だと信じた。彼は、一昔前に逆戻りして永遠に価値ある要素は性格だと再び信じたかった。他のことは全て信じられなかった。

彼は夕食が終わるとすぐ辞去したが、家には帰らなかった。昔の目ではなく、もっと覚めた思慮分別のある目で、夜のパリをどうしても見たかった。カジノで折り畳み式補助椅子席を買い、ジョセフィーヌ・ベイカー（訳注：一九〇六～七五、アフリカ系アメリカ人の歌手・エンターテイナー。「黒いヴィーナス」の異名をとった。後にフランス国籍を取る。パリでは、そのセクシーな踊りが一般大衆の他ピカソやヘミングウエイなどにも受けた）がチョコレート色の肌でアラベスクを演じるのを観た。

一時間後そこを出てモンマルトル方面にぶらぶらと歩き、ピガール通りを抜けてブランシュ広場に向かった。雨は止んでおり、いくつかのキャバレーの前で夜会服を着た男女が何人かタクシーから降りたり、高級売春婦が一人であるいは二人連れでぶらついたりしていたが、黒人も多かった。彼は中から音楽が流れてくる、照明に照らされたドアの前を通りかかったとき、その音に聴き慣れた感じがしたので、立ち止まった。そこは、彼がかつて多くの時間を過ごし惜しげもなく金を浪費したブリックトップス（訳注：アメリカの黒人歌手ボードビリアン、赤毛のエイダ〝ブリック・トップ〟スミスが経営した有名なナイトクラブ）だった。何軒か先に進むと、もう一つ時代がかった、遊び人のたまり場に行きあたったのでうっかり覗き込んだ。するとすぐ待っていましたとばかりにオーケストラが弾け出し、プロのダンサーが二人ひょいと立ち上がり、支配人が風のごとく彼のほうに近づき、叫んだ、「今すぐ大勢のお客様が到着されます」しかし、彼は急いで頭を引っ込めた。

「へべれけに酔っていなくちゃとても入れない」と彼は考えた。

ゼリーズ（訳注：一九二〇年代、ジョー・ゼリーが経営していたパリで最も有名なナイトクラブ）は閉店だった。その周りのうら寂しい縁起の悪そうな安ホテルは暗かった。先のブランシュ通りにはもっと光があってくだけた言葉を使う地元のフランス人たちが群れていた。「詩人の洞穴」（訳注：「洞窟」は歩道より低い所に作られたキャバレーの意味）は無くなっていたが、「天国のカフェ」と「地獄のカフェ」のドアはそれぞれ巨大な口を大きく開けており、彼が見ていると、観光バスから降りてくるわずかな数の乗客を飲み込んだが、ドイツ人一人、日本人一人と、驚いた目をして彼を一瞥したアメリカ人の二人連れだけだった。

モンマルトルの商魂と創意工夫といってもその程度だ。悪徳と浪費に対するあの手この手の誘惑はまったく子供じみた規模のものだったが、彼は突然、「散財する」という言葉の意味を悟った。それは跡形もなく空中に消え去り、有を無に帰せしめることだった。真夜中、丑三《うしみ》つ時に次から次に場所を変えるのはその移動ごとに一人の人間にとってはとてつもない跳躍で、次第に動きが緩慢になればなるほどその特権に支払う料金は増えるのだった。

彼は、ただの一曲を演奏してもらうためにオーケストラに千フラン単位の紙幣を渡し、タクシーを呼んでくれたドアマンに百フラン紙幣を投げたことを思い出した。

しかし、何の目的もなくあげたわけではなかった。

それは、もっともデタラメに浪費した大金でさえ、今ならいつでも思い出せる人たち、最も思い出すべき価値のある人たち、即ち養育権を奪われた彼の子供、ヴァーモントの墓場に逃げた妻を、できれば思い出さなくてすむようにとの願いを込めて運命の神への捧げものとして与えたものだった。

ブラッスリーのまぶしい光の中で一人の女が彼に話しかけた。彼は女に何個かの卵とコーヒーをおごり、それから女の誘いかける視線を逃れて二十フランを与え、タクシーでホテルに帰った。

II

目覚めると、晴れた秋の日だった――まさにフットボール日和《びより》だった。昨日の憂愁は去り、彼は街ゆく人々を快く受け入れた。正午にはル・グラン・ヴァテルでオナリアと向かい合って坐った。そこは、シャンパンの夕食や二時に始まって視力も記憶も朦朧《もうろう》とした黄昏時《たそがれどき》に終わる長い昼食を思い出さないですむ、彼が考えつく唯一のレストランだった。

「さあ、野菜はどう？　少し野菜も食べないといけないでしょ？」

「ええ、そうね」

「ほら、ホウレンソウにカリフラワーに人参とインゲン豆があるよ」

「カリフラワーがいいわ」

「野菜をもう一つ食べたらどう?」

「わたし野菜は、お昼はたいてい一つだけなの」

ウエイターは子供が好きでたまらないかのごとくわざとらしく振舞った。

「かわいいお嬢ちゃんでいらっしゃいますね。言葉もまったくフランス人みたいです」(訳注:原文はフランス語)

「デザートはいかが? しばらく待って様子を見る?」

ウエイターは立ち去った。オナリアは何かを期待するような目で父を見た。

「これから何をするの?」

「最初に、サン・トノレ通りのあのおもちゃ屋さんに行って、君が好きなものを何でも買ってあげる」それからエンパイアのボードビルに行こう」

彼女はためらった。「ボードビルは好きだけど、おもちゃ屋さんはいや」

「どうしてなの?」

「だって、この人形をお土産に買ってきてくれたもの」彼女は人形を持ってきていた。「それに、わたし、いろんなものをいっぱい持っているから。それと、おうちはもうお金持ちじゃないんでしょう?」

「前も決して金持ちじゃなかったんだ。でも今日は君の好きなものを何でも買ってあげる」

「わかったわ」彼女は諦めたように同意した。

オナリアに母がいて、フランス人の乳母がいたころは、彼はどちらかといえば厳しくしつけていた。でも今は、彼は精一杯背伸びして新しい寛容さを身に着けようとした。彼女の二親にならなければならないし、どんなことでも彼女との意思疎通を閉ざしてはならない。

「君のことをもっと知りたい」と彼は真面目くさって言った。「最初に私から自己紹介しよう。私の名前はチャールズ・ジェイ・ウェールズで、プラハにいます」

「まあ、パパったら」彼女の声は笑いでかすれた。

「それで、あなたはどちらさまですか?」彼がしつこく勧めたので、彼女は即座にその役になりきった。「オナリア・ウェールズといいます、住まいはパリのパラティーヌ通りです」

「結婚されていますか、独身ですか?」

「いいえ、結婚していません。独身です」

彼は人形を指さした。「でもマダム、お子さんがいらっしゃるようですが」

人形が子供ではないと認めたくないので、父の言葉をまともに受け止めてすぐ頭を働かせた。「ええ、結婚したことはあるのですが、今は結婚していません。夫が死んだのです」

彼もすぐ続けた。「で、お子さんのお名前は?」

「シモーヌ。学校の親友の名にあやかってつけました」

「学校の成績がとてもいいと聞いて喜んでいます」

「今月は三番です」と彼女は自慢した。「エルジーは」――これは彼女の従妹《いとこ》――「やっと十八番ぐらいで、リチャードはビリに近いわ」

「リチャードとエルジーは嫌いじゃないでしょ?」

「ええ大丈夫、好きですよ、二人とも」

彼は、慎重に、さりげなく訊いた。「それから、マリオンおばさまとリンカンおじさまだけど、どちらの方が好きですか?」

「うーん、そうね、リンカンおじさまね」

彼は、彼女の存在感をだんだん強く意識するようになってきた。彼らが入ってきたとき、「なんてかわいいこと」という囁きが背後から聞こえたし、今は隣のテーブルの客たちが口を閉ざして彼女に耳を傾けており、彼女が意識のない花でもあるかのごとくじっと見つめていた。

「わたし、どうしてパパと一緒に住めないの?」と突然彼女は訊いた。「ママが亡くなったから?」

「ここにいてもう少しフランス語を覚えて欲しいんだ。パパじゃ、君の面倒をきちんとみて上げるのが難しかったしね」

「でもわたしもうそんなに面倒をみてもらう必要はないわ。何でも自分でできるから」

レストランを出ようとしたとき、男と女が不意に彼に声をかけた。

「ようー、懐かしのウェールズじゃないか」

「やあ、ロレインに……ダンクか」

突然現れた過去の亡霊たち。ダンカン・シェファーは大学時代の友人で、ロレイン・クォールズは淡い金髪の美人で三十歳。贅沢三昧の三年前、月日が経つのを忘れさせてくれた放蕩グループの仲間だった。

彼の質問に答えて、ロレインは答えた「夫は、今年は来ることができなかったの」。「私たちどうしようもない貧乏よ。で、ひと月に二百ドルくれて、それで目いっぱいのバカをしろと言われた……この子あんたのお嬢さん？」

「戻ってきて坐り直したらどうだ」とダンカンが誘った。

「そりゃできない」彼は言い訳があって喜んだ。以前もいつもそうだったが、彼はロレインに情熱的で挑発的な魅力を感じたが、今や彼自身の生理的リズムが違っていた。

「じゃ、夕食はどう？」と彼女が訊いた。

「約束がある。君の住所を教えてくれたら僕のほうから電話する」

「チャーリー、あなたまったく酔っていないね」と彼女は裁判官みたいに言い渡した。「ほんと、彼は素面《しらふ》だと思うわ、ダンカン。飲んでいないかどうかつねってみてよ」

チャーリーは首を振ってオナリアがいることを示唆した。彼らは同時に笑った。

「君の住まいはどこだ？」とダンカンが疑うように訊いた。

彼は、ホテルの名前を教えたくなくて、ためらった。

「まだ落ち着いていないんだ。僕のほうから電話したほうがいい。これからエンパイアでボードビルを見ようとしているところだ」

「あら！　それ、私も見たいわ」とロレインが言った。「道化師やアクロバットや手品師が見たかった。私たちもそうしようよ、ダンク」

「その前に一つ用をたさねばならない」とチャーリーが言った。「あとでたぶん会えるだろう」

「わかったわよ、紳士気取りめ……さようなら、きれいなお嬢さん」

「さようなら」

オナリアは礼儀正しく膝を折って挨拶した。

なんとなく歓迎できない出会いだった。彼らが彼に好意をもったのは彼が元気に働いていたからであり、生真面目だったからだ。彼らが彼に会いたかったのは、彼が今の彼らより力があったからで、彼の力からある種の生活の支えを引き出したかったからだ。

エンパイアでは、オナリアは畳んだ父のコートの上に坐るのを誇りをもって断った。彼女はすでに彼女なりの礼儀作法を心得た一人の人間になっており、チャーリーは彼女が完全に個を確立する前に自分自身を多少なりとも彼女に押し付けたい欲望にますます囚われていた。こんなに短い時間に彼女を知ろうとするのはどだい無理だった。

幕間に彼らはバンドが演奏しているロビーでダンカンとロレインに出くわした。

「一杯やる？」

「いいけど、バーはだめだ。テーブルに坐ろう」

「完璧な父親ね」

ロレインの話をいい加減に聞き流しながら、チャーリーはオナリアの目がテーブルを離れるのを観察し、何を見ているのだろうかとかすかな不安を感じながらその目を追い部屋の中を見回した。彼女は彼の視線に気づくとにっこり笑った。

「あのレモネード美味しかったわ」と彼女は言った。

彼女はあのとき何と言っていたか？　彼は彼女から何を期待していたのか？　後にタクシーで家に帰る途中、彼は彼女の頭を自分の胸に引き寄せて抱いた。

「ねえ、ママのことを考えることがある？」

「ええ、ときどきね」と彼女はあいまいに答えた。

「ママのこと、忘れて欲しくないんだ。ママの写真は持っている？」

「と思うけど。いずれにしてもマリオンおばさまは持っているわ。どうしてママのことを忘れて欲しくないの？」

「君のことをすごく愛していた」

「私も愛していたわ」

一瞬、沈黙があった。

「パパ、わたし、パパと一緒に住みたい」と突然彼女が言った。

彼の心はときめいた。こんな状況が来ることをずっと望んでいたのだ。

「何か不満なことがあるの?」

「いいえ、でもわたし誰よりパパを愛しているし、パパだってママが亡くなっているんだもの、誰より私を愛しているでしょ?」

「もちろんそうだよ、でも君はいつまでもパパが一番好きというわけではなくなる。大きくなって年頃の人に出会い、その人と結婚したら、パパがいたことさえ忘れるだろう」

「ええ、それはそうね」と彼女は落ち着いて同意した。

彼は家の中には入らなかった。明日九時に帰ってくるのだ、そのとき言わねばならないことのため、彼は清々《すがすが》しく生まれ変わった気持ちでいたかった。

「おうちに入って何もなかったら、あの窓から顔だけ見せておくれ」

「わかったわ。さようなら、パーパ、パーパ、パーパ、パーパ」

彼は彼女が真上の窓際に、顔いっぱいに温もりと輝きを見せて現れるまで暗い路地で待ち、暗闇の中に指でキッスを投げた。

彼らは待っていた。マリオンは、どこか喪服を思わせるような重々しい黒の夜会服を着て、コーヒー・サービス用テーブルの後ろに坐っていた。リンカンは、すでに何かを話していたのだろう、活発に室内を歩き回っていた。彼らは、彼と同じように、すぐ本題に入りたいと思っていた。彼のほうがやや唐突に口火を切った。

「私が今回伺ったわけは、つまりパリに来た本当の理由は、おわかりだと思います」

マリオンはネックレースの黒い星を弄《もてあそ》びつつ眉をひそめた。

「私としてはどうしても家庭がもちたいのです」と彼は続けた。「そしてそこにはどうしてもオナリアにいてもらいたいのです。皆さんが彼女の母親がわりに面倒を見てくださったことには感謝していますが、現在は事情が変わりました」――彼はちょっとためらいそれからもっと力をこめて続けた――「つまり私に関して言えば事情が完全に変わりました、ですから本件を再度ご考慮願いたいのです。約三年前私の行動がおかしかったことを否定するような愚かなことはいたしません――」

マリオンは顔を上げ厳しい視線を彼に投げた。「それに、そんな態度はすっかり改めました。前にも申しましたとおり、この一年以上、私は一日に一杯以上は飲んでおりませんし、その一杯もわざと飲んでいるのです。頭の中でアルコールのことばかりを考えなくてすむためです。私の考え、おわかりでしょうか？」

「いいえ」とマリオンはぴしゃりと否定した。

「それはリスクのあることですが自分に課した賭けなのです。そうすることでバランス感覚が保てます」

「理解できるね」とリンカンが言った。「つまり、君は今や酒に魅力を感じることはないと主張したいんだね」

「そんなところです。ときにはすっかり忘れて手を付けないこともあります。しかし努めて手を付けるようにしています。いずれにせよ、私の立場では好きなだけ飲むわけにはいきません。私が代理人になっている顧客たちは私の仕事の仕上げにしごく満足しています。それでバーリントン（訳注：米国ヴァーモント州北西部の小都市）から妹に来てもらって家事の面倒をみてもらうつもりですが、同時にどうしてもオナリアにいてもらいたいのです。ご存知だと思いますが、彼女の母と私の折り合いが悪かったときでも、二人の間に起きたことは一切オナリアには知らせませんでした。あの子は私が大好きだと言っていますし、私も自信を持って彼女の面倒をみることができます——というのが私からの話なんですが。どうお考えでしょうか？」

これから先は粗探しされることを甘受しなければならないと彼は覚悟した。それは一時間か二時間は続くだろうし、辛いだろう、更生した罪人がいつまでも後悔している態度を取らされることには当然ながら我慢ならないが、その気持ちさえ抑制できれば、最後は彼の言い分がとおるだろう。

腹をたててはいけない、と彼は自分に言い聞かせた。ここで自己弁護してもしかたがない。欲しいのはオナリアだ。

最初にリンカンが口を開いた。「先月君から手紙をもらってからずっと話し合っていたんだ。オナリアは喜んで預かっている。かわいい子だし、あの子の手伝いができることを喜んでいる。もちろんそのことは今話題にすべき問題とは関係ないんだがね――」

突然マリオンが口を挟んだ。「いつまで酔っ払わない人間でいられるの、チャーリー？」と彼女は訊いた。

「いつまでも、のつもりですが」

「そんなことどうして信じられるの？」

「ご存知のとおり、私が仕事を辞めて何もする予定がないままこちらに来る時までは深酔いしたことは全くありません。それからですよ、私とヘレンが変な遊びを始めたのは」

「ヘレンをそんな話に巻き込まないでちょうだい。そんな風に彼女が話されるのを聞くのは耐えられないわ」

彼は暗澹《あんたん》たる気持ちで彼女を見た。この姉妹は生存中どれだけ互いに好意をもって付き合っていただろうか、彼は以前から疑っていた。

「私の飲酒癖が続いたのは一年半だけですよ――こちらに引っ越してから私がその……倒れるまでの間だけです」

「それだけ時間があったのなら十分でしょ」

「たしかに十分でした」彼は同意した。

「私が義理を感じているのはヘレンに対してだけです」と彼女は言った。「彼女はあのとき私にどうしてもらいたかったのだろうかと考えることがあります。正直に言って、あの晩あなたがあんなひどい仕打ちをしたときから、あなたのことを心配したことなんか一度もありません。それはしかたないことです。彼女は私の妹だったのですから」

「はい」

「妹は死の間際にオナリアを頼むと言ったのです。あのときあなたがサナトリウムに入っていなかったら、事情は違ったのでしょうけど」

彼は答えられなかった。

「ヘレンがずぶ濡れでブルブル震えながら私の家のドアを叩いて、あなたに閉め出されたと言ったあの朝のことは一生忘れることができません」

チャーリーは椅子の両脇を握り締めた。これは想像していた以上にきつかった。彼は、じっくり状況説明をして彼なりの意見を言おうかと思ったが、「彼女を閉め出した晩は――」

と言っただけで、その先は彼女に遮られた。「そのことを蒸し返されるのはとても耐えられないわ」

寸時の沈黙があった後、リンカンが言葉を継いだ。「本題から外れ始めている。君はマリオンに法律上の後見人の地位を放棄させ、オナリアを取り返したいわけだ。マリオンにとって大事なことは君を信頼しているかどうかだと思う」

「マリオンにどう言われても文句はありません」とチャーリーはゆっくり言った。「しかし彼女には私のことを全面的に信頼してもらいたいのです。三年前までは私は素行を人様にとやかく言われたことはありません。もちろん人間ですからまた間違う可能性がないとは言えません。しかしこれ以上さらに待てば私はオナリアの子供時代に触れることができなくなり家庭を持つ機会を失ってしまう」彼は首を振った。

「はっきり言って彼女を失うのです、わかってもらえますか?」

「ええ、わかるよ」とリンカンは言った。

「そんなことがどうして前に考えつかなかったのかしら?」とマリオンは尋ねた。

「考えたと思いますよ、折に触れて、でもヘレンとの仲がうまくいっていなかったですからね。後見人の話を承諾したときは、私はサナトリウムの病床にいましたし、相場の下落で無一文になっていました。私は自分の行状を悔いていましたから、ヘレンの気持ちが休まるなら何にでも賛成するつもりでした。でも今は違います。私は元気に働いていますし、飲む方もクソ真面目ですし」

「私の前でそんな汚い言葉を使わないで」とマリオンが言った。

彼は、驚いて彼女を見た。彼女が言葉を発するたびに彼に対する嫌悪感の強烈さがますます明白になってきた。彼女は人生に対する自分の不安を全て丸めて壁を作り上げ、それを彼の方に向けていたのだ。取り立てて問題にすることもないこの非難の言葉もあるいは何時間か前の料理人とのもめごとの結果かもしれなかった。しかし、こんなに彼に対する敵意がある雰囲気の中にオナリアを放置しておくことは問題だという不安がチャーリーの中ではますます強まった。早晩、そんな態度は言葉の端々に、あるいは否定的な首の振り方に、現れてくるだろうから、その不信感のいくつかは抜き難くオナリアの心に植え付けられるだろう。しかし、彼は腹立たしさを顔に現わさず腹の中にしまいこんだ。それによって彼は得点を稼いでいた。というのは、リンカンはマリオンの発言のバカバカしさに気づき、彼女が「クソ真面目」という言葉を忌み嫌ったときやんわりと彼女をたしなめたからだ。

「それからもう一つ」とチャーリーは言った。「これからは娘の為になることをちょっとはしてあげられます。フランス人の家庭教師をプラハに連れて行くつもりです。それから新しいアパートを賃貸しまして――」

彼は口を滑らしたと思いついて、話を切った。彼の収入がまた彼らの二倍になったという事実を彼らが平静な気持ちで聞けるとは思えなかった。

「あなたならオナリアに私たちより贅沢がさせられるってわけね」とマリオンが言った。

「私たちが十フラン使うたびに心配していたころ、あなたはドブに捨てるようにお金を使っていたわね……またそんな生活を始めるのでしょうよ」

「いやまさか」と彼は言った。「私も勉強しました。私も他の皆さんと同じで、十年間は必死に働きましたよ——それからですよ、相場が当ったのは。ものすごく運がよかったのです。これ以上働く意味がないと思えて、それで仕事を辞めたのです。もうあんなことは二度と起きませんよ」

長い沈黙があった。三人とも神経が張り詰めているのを感じており、この一年で初めてチャーリーは酒が欲しかった。リンカン・ピーターズは今は彼に子供を渡したくなったはずだと、彼は確信した。

マリオンは突然身震いした。彼女は頭のどこかで、チャーリーの足は今やしっかり大地に根を下ろしていると見抜き、彼女自身の母性的感情が彼の欲求の当然さを認めていた。しかし、彼女は長い間ある偏見を抱いて生きてきていた——その偏見とは、彼女の妹が幸せであるはずがないという奇妙な不信感が、あの恐ろしい晩のショックで彼に対する嫌悪感に変化したのだが、その不信感に根ざす偏見だった。そんな偏見が生まれたのは、彼女の人生のある時点で、たまたま健康を損なった失意の時に生活の逆境が重なって、具体的な極悪非道の事例と具体的な極悪人が結びつくことを彼女がいやでも信じざるをえないときだった。

「私があなたをどう考えているか、それは私のせいではないわ」と彼女は突然大声を出した。「あなたがヘレンの死にどれだけ責任があるのか、それは知りません。それはあなた自身の良心に照らして考えるべきことでしょう」

彼の体に苦悶の電流が走った。瞬間、彼は口に出していない音が喉に反響するのを聞きながら、立ち上がりかけた。次の瞬間、彼は踏みとどまった。

「ちょっと待ってくれよ」とリンカンが気詰まりな様子で言った。「僕は君に責任があると考えたことは一度もない」

「ヘレンは心臓病で死んだのです」とチャーリーは沈んだ声で言った。

「ええ、心臓病ね」マリオンはその言葉が彼女にとって別な意味があるかのごとくつぶやいた。

それから、突発的な大声の後に続く冷静な時間の中で、彼女は彼をまともに見て、彼がともかくもその場を抑える気持ちに至ったことを知った。夫をちらりと見たが、彼から助け舟が得られないことを知り、どうでもいい話であるかのごとく、そして唐突に、彼女は匙を投げた。

「好きにしてよ」と叫びながら、彼女は椅子から勢いよく立ち上がった。「あなたの子供だ。私はあなたの邪魔をするような人間じゃない。もし私の子だったら、むしろ思い切って――」彼女はどうにか思いとどまった。「二人で決めてよ。私には耐えられない。気分が悪いの。べッドで休みます」

彼女は急いで部屋から出て行った。ちょっとの間があってリンカンが言った。

「今日は彼女にとって辛い時間だった。彼女の思いがどんなに強いかわかるだろう――女性がいったん思いこむとね」彼の声はほとんど詫び声だった。

「もちろん」

「うまくおさまるよ。彼女は君が子供を――養えることがわかった以上、私どもが君やオナリアの邪魔になることはとてもできないってことはわかったはずだ」

「有難う、リンカン」

「僕は彼女が心配だからちょっと覗いてくる」

「私は失礼します」

彼は街路に出てもまだ震えが止まらなかったが、ボナパルト通りから河岸通りまで歩いていくうちに落ち着いてきて、通りの街灯のために元気が出て気持ちも改まり、セーヌ川を渡る頃は勝ち誇った気分になった。部屋に戻っても眠ることができなかった。ヘレンの面影が彼から離れなかった。彼があんなに愛したヘレンだったが、あるときから二人は見境もなく互の愛を踏みにじり始め、とうとうボロボロに破いてしまった。マリオンが今でも鮮明に覚えていたあのひどい二月の夜というのは、くすぶった口喧嘩が何時間も続いていたのだ。レストラン・フロリダで人前をはばかる大口論があったあと、すぐ彼は彼女を家に連れ帰ろうとしたが、彼女はいきなりテーブルにいた若いウエッブとキスをした。そのあと、彼女がヒステリックに彼に向かって何か喚《わめ》いたのだ。彼は一人で家に帰り、猛烈に腹が立っていたのでドアの鍵をロックした。ただ、彼女が一時間後に帰り着くことを、そして吹雪になり、彼女がタクシーを見つけられないほどうろたえて上履きを履いたままうろつきまわることを、彼に知るすべがあっただろうか？　それからその余波があり、彼女は奇跡的に肺炎を免れたが、あれやこれやの惨事が発生した。彼らは「仲直り」したが、それが終わりの初めだった。そしてマリオンは、あの朝の出来事を自分の目で目撃し、受難する妹を見てこれはよくある出来事の一つだと思い込み、決して忘れることがなかった。

その記憶を再び思い返すとヘレンが一層身近に感じられて、朝方の浅い眠りの中に忍び寄る白い柔らかな光の中で我知らず彼は彼女にまた話しかけていた。彼女は言った、オナリアについてのあなたの思いはまったく正しく、オナリアにはあなたと一緒に住んでもらいたいと。彼の生活が真面目でますます順調なのを喜んでいると彼女は言った。彼女は他にもいろいろたくさん言った——とても好意的な事柄だった——しかし、彼女は白いドレスを着てブランコに乗っており、この間ずっとだんだん速度をあげて漕いでいたので、とうとう最後は彼女が言っていることの全部は聞き取れなかった。

彼は幸せな気分で目覚めた。世界のドアが再び開かれた。彼はオナリアと彼自身のためいくつかの計画、展望、将来像を描いたが、ヘレンと一緒に作ったもろもろの計画を思い出し、突然悲しくなった。彼女の死はその計画の中にはなかった。要は大事なのは現在だった——やるべき仕事と、だれかを愛すべきこと。しかし溺愛しないことだ。というのは、父が娘に母が息子に愛情を注ぎすぎたため起きた危害を知っていたからだ。後に子供は独り立ちして、結婚相手に同じような盲目的愛を求め、殆どの場合それを得ることができず、愛と人生に背を向けることになる。

その日も明るく清涼な日だった。彼はリンカン・ピーターズが勤める銀行に電話し、彼がプラハに発つとき本当にオナリアを連れて行っていいかと訊いた。リンカンは遅らせる理由はないと同意した。ただ一つ——法的後見の権利だけは、マリアンはあとしばらく手放したくないと言っている。彼女は今回の件で気が動転しており、何かあった場合あと一年は彼女が状況を左右できる状態だと思わせれば懸案は氷解するだろう。チャーリーは、現実に目に見える子供さえ手に入れればいいので、了解した。

次に家庭教師の問題があった。チャーリーは陰鬱な斡旋所に坐って、いらいらしたベアルヌ地方の女と、肉付きのいいブルターニュ地方の農婦を面接したが、どちらも我慢できなかった。明日会える人が他にもいた。

彼は、歓喜の表情を抑えようと勤めながら、リンカン・ピーターズとグリフォンズで昼を食べた。

「実際自分自身の子供に勝るものはない」とリンカンが言った。「しかし、マリオンがどんな気持ちかは理解してくれないとね」

「私があちらで七年間どれだけ一所懸命働いたかを彼女は忘れている」とチャーリーは言った。「彼女が覚えているのはあの一晩だけです」

「もう一つある」リンカンはためらった。「君とヘレンが欧州を暴れまわって金を湯水のごとく使っていたとき、僕たちはその日暮しだった。出世もしなかったから保険をかける以外これといって金に恵まれることがなかったからね。そんなの公平じゃないとマリオンは考えていたと思う――だって君は最後まで働くことさえしないでますます金持ちになっていたんだからね」

「入ってくるのも早かったけど無くなるのも早かった」

「そうだ、いっぱい手元に残したのはドアマンやサキソホン・プレーヤーや給仕長だった――しかし、大宴会はもう終わった。私がこの話をしたのはあの狂乱時代に対してマリオンがどう思っているかを説明するためなんだ。今晩は六時頃、マリオンが疲れすぎないうちに立ち寄ってくれれば、その場で細かいことを決めよう」

ホテルに戻ると、リッツのバーから転送された速達郵便が来ていた。チャーリーはそのバーにある人を探す目的で居所を残していたのだった。

親愛なるチャーリーへ　先日お会いしたときあなたの態度がすごく変だったので私が何か怒らせるようなことをしたのかと心配したわ。もしそうだったとしても、わたしには覚えがないの。というより、昨年私はあなたのことばっかり考えていて、ここに来たらあなたに会えるのじゃないかといつもひそかに期待していたの。あの馬鹿なことばかりやった春は本当に楽しかったわ、ほら、あなたと二人で肉屋の三輪車を盗んだ晩とか、大統領に面会を求めようとして、あなたが古い山高帽の縁と針金状のステッキを握っていたときがあったじゃない。近頃は誰も彼も年取ったみたいだけど、私はちっとも年とった気はしてないわ。昔のしみで今日何時かに会えないかしら？　今現在はひどい二日酔いだけど、午後になれば気分は良くなると思うから、五時にリッツのでたらめバーで待っている。

いつも愛情いっぱいのロレインより

彼が第一に感じたことは、いい年をして、実際に三輪車を盗み、ロレインを後ろに乗せて丑《うし》三つ時から明け方にエトワール広場を走り回ったことへの畏怖だった。振り返ってみればそれは悪夢だった。ヘレンを閉め出したことは彼の日常行動のパターンには符合しなかったが、三輪車事件は符合した——他にも符合するものがたくさんあった。

そんな徹底的に無責任な状態に達するまで何週間の、何ヶ月の放蕩があったのだろう？

それから彼は当時のロレインが彼にどう写っていたか思い出そうとした——すごく魅力的な女。ヘレンは、何も言葉に出しては言わなかったけど、そのことについては良い気持ちはしなかった。ヘレンは、昨日レストランで見たときは、ロレインはありふれた、印象の薄い、くたびれた女に見えた。絶対彼女には会いたくなかった、だからアリックスが今いるホテルの住所を明かしていなかったことを喜んだ。ロレインでなくて、オナリアのことを考え、彼女と過ごす日曜日のことを考え、夜暗闇の中で息をしながら彼女が家で待っていることを考えられるのは救いだった。

五時に彼はタクシーを拾い、そしてピーターズ家の全員にプレゼントを買った——浮き浮きするような布地の人形、ローマ人の兵隊の箱、マリオンに花、リンカンに大きなリネンのハンカチを。

アパートに着いたとき、彼はマリオンが避けられないことを受け入れた顔をしているのがわかった。彼が脅しをかけてくるよそ者としてではなく、何かにつけて反抗する厄介者の家族であるかのように彼を迎えた。オナリアにはお別れだと告げてあった。彼女は嬉しくて有頂天になっている気持ちを隠す如才なさがあるのを見てチャーリーは嬉しかった。彼の膝に坐ったときだけ彼女は喜びと「いつなの?」という質問を囁いてから彼の元をすり抜け、他の子供たちと一緒に去った。

彼とマリオンはちょっとの間部屋に二人きりになったとき、彼は思わず大胆なことを口走った。

「親族間の喧嘩は激しくなりがちです。常識どおりには収まりません。体の痛みとか傷と違って、皮膚のかまいたちみたいなもので、実態がないから治りにくい。これからはあなたと仲良くやりたいものです」

「簡単に忘れられないものもあります」と彼女は答えた。「信頼性の問題です」これには返答がなかったので、彼女はすぐ質問した。「いつ連れていくお考えですか?」

「家庭教師が決まり次第です。できれば明後日にでも」

「それはとても無理です。あの子の物を整理しなければなりません。土曜日以前はだめです」

彼はやむなく承諾した。リンカンが部屋に戻ってきて彼に飲み物を勧めた。

「いつものようにウイスキーを一杯いただきます」と彼は言った。

ここは暖かく、まさに火の周りに人間が集まる家庭であった。子供たちはまったく安心しきっており大事にされていた。母と父はひたむきで、油断なく見守っていた。彼らには子供たちのためにしなくてはならない事があり、それは彼の訪問より大事なことだった。結局のところ、ひと匙《さじ》一杯の薬の方が、マリオンと彼自身のぎくしゃくした関係のことより大事だった。彼らは愚鈍な人間ではなく、生活と状況をしっかり掌握していた。彼は、マンネリに陥ったリンカンの銀行勤めから彼を救うために何かできることはないかと思案した。

ドアベルが長く鳴り響いた。メイドが通り過ぎて廊下に出た。もう一度長いベルが鳴ってドアが開いた、そのあと複数の人の声がして、客室にいた三人は誰かと思いながら顔をあげた。リチャードは廊下が視界に入るように身体を動かし、マリオンは立ち上がった。それからメイドが廊下を戻ってくるそのすぐ後に話し声が聞こえたが、光に照らされてダンカン・シェファーとロレイン・クォールズの顔が浮かび上がった。

彼らは賑やかで、浮かれており、笑いさざめいていた。一瞬、チャーリーはびっくり仰天した、奴らがどうやってピーターズの住所を探し当てたのか理解できずにいた。

「ああ、やっぱり」ダンカンはチャーリーに向けていたずらっぽく指を振り動かした。「アッハーハーハ」

彼らは二人で再度滝のような笑い声をあげた。心配しながらどうしていいかわからず、チャーリーは急いで彼らと握手を交わし、二人をリンカンとマリオンに紹介した。マリオンは、ほとんど口もきかず、頷いた。彼女はそれまでに火のほうに一歩後ずさりしていた。彼女の娘がそばに立ったので、彼女は娘の肩に手をかけた。

二人の闖入《ちんにゅう》に苛立ちを募らせながら、チャーリーは二人が理由を説明するのを待った。ダ

ンカンはしばらく息を整えてから言った
「あんたをね、夕食に連れ出そうと思って、やってきたんだ。あんたの居所をこんな風に隠しとくなんてけしからん、とロレインも俺も怒っている」

チャーリーは二人を廊下の先の玄関口に押し戻すかのように彼らのそばまで進み出た。

「悪いが一緒には行けない。どこにいるか教えてくれ、半時間たったら僕のほうから電話する」

これはなんの効き目もなかった。ロレインは突如椅子のそばに坐り込み、じっとリチャードに目を注ぎながら、叫んだ。「あら、なんて可愛い坊やなの。ね、こっちにいらっしゃい」リチャードはちらりと母親を見たが、動かなかった。ロレインはあからさまに肩をすくめて、今度はチャーリーに向かった。

「食事につきあってよ。あんたの従兄弟も怒らないわよ。あんた、ましめ、いや真面目な顔して」

「ダメだと言ってるだろ」とチャーリーは厳しく言った。「二人で食べてくれ、あとで電話する」

彼女の声が当然悪意のある響きになった。「わかったよ、出て行くよ。だけど、わたしゃ覚えているよ、あんたは朝の四時に私のドアをガンガン叩いたことがある、そのときわたしゃ付き合いがいいからあんたに酒をすすめたよ。さ、ダンカン、行こう」

彼らは、依然動きが鈍く、霞んだ目で怒った顔をして、足取りは覚束ないまま、廊下伝いに引き下がった。

「おやすみ」とチャーリーが言った。

「お・や・す・み！」とロレインは語気強く応えた。

彼が応接室に戻ってきたとき、マリオンはじっと立ったままだったが、今は息子が彼女のもう片腕の輪の中に入っていた。リンカンはまだオナリアを振り子のように横から横に前後に揺り動かしていた。

「なんという無礼さだ」とチャーリーは吐き出した。「言語道断の無礼さだ！」

彼らのどちらも答えなかった。チャーリーは安楽椅子に腰を落とし、酒を手にしたが、またそれを下に下ろして、言った。

「二年も会っていないのにまったく図々しい連中で――」

マリオンが、「ああ」と怒りに震える息でやっと一言発したので、彼は途中で話し止めたが、彼女はくるりと彼から身体を反転させ、部屋を出て行った。

リンカンはゆっくりオナリアを下に下ろした。

「子供たちはあっちへ行ってスープを食べ始めなさい」と言い、子供たちが従うと、チャーリーに向かって言った。

「マリオンは具合が悪いので、ショックに耐えられない。あの種の人たちには、彼女は本当に体がおかしくなるのだ」

「彼らにここに来るようには言ってないんです。誰かからあなたの名前を聞き出したに違いない。彼らは意図的に――」

「いや、残念でした。これでは状況はよくならない。ちょっと失礼するよ」

独りきりになって、チャーリーは緊張して椅子に坐っていた。隣の部屋では子供たちが、大人たちの間に起きた出来事をすでに忘れ、そっけない言葉を交わしながら食べているのが聞こえた。さらに遠くの部屋から囁《ささや》くような会話と、そのあとに電話の受話器を取り上げる音が聞こえたので、彼は突然怯《おび》えて部屋の反対側の話が聞こえない場所に移動した。

一分もするとリンカンが帰ってきた。「あのね、チャーリー、今晩の夕食は延期したほうが良さそうだ。マリオンの調子がひどく悪い」

「私のことを怒っているのですか?」

「まあね」と彼は、ほとんど投げやりに答えた。「彼女は体が弱くて、それに――」

「オナリアのこと、気持ちが変わったということですか?」

「今現在はかなり憤慨しているが、よくわからない。明日銀行のほうに電話してくれ」

「私はあの連中がまさかここに訪ねてくるなんて夢にも思わなかったんです、そのことを彼女に説明してもらえませんか。私だって皆さんと同じくらい怒っています」

「今は何を説明してもむだだ」

チャーリーは立ち上がった。彼はコートと帽子を取り、廊下を伝って歩き出した。そして食堂のドアを開け、奇妙な声で子供たちに声をかけた。「みんな、おやすみ」

オナリアは立ち上がり、テーブルの向こうから走り寄り彼をしっかり抱きしめた。

「いい子だ、おやすみ」と彼はぽかんとして言った。それから、何かを償おうとして、もっと愛情のこもった声を出そうと努力して言った、「みなさん、おやすみなさい」

V

チャーリーは、怒り狂った頭でロレインとダンカンを探そうと思い、まっすぐリッツのバーに向かったが、彼らはそこにいなかった。それから、いずれにしても彼にできることは何もないことを悟った。ピーターズの家ではウイスキーに手をつけていなかったので、今度はウイスキーのソーダ割りを注文した。ポールが挨拶に近づいてきた。

「大変な変わりようです」と彼は悲しげに言った。「売上げは前のだいたい半分ぐらいですよ。アメリカに帰国された方はほとんど無一文になったと聞いています。たぶん最初の暴落じゃなくて、その後の二回目のでしょう。お友達のジョージ・ハート氏は丸裸になったそうですね。あなたはアメリカに帰られたのですか?」

「いや。プラハで事業をやっている」

「あなたも暴落で相当損を出されたと聞きましたが」

「そうだよ」と彼は深刻な顔をして言った。「しかし、私はブームのときに大事なものを全て無くしてしまった」

「空売りですか?」

「そんなところだ」

再び、あの当時の記憶が悪夢のように彼に蘇った――二人が旅行中に会った人たちは、横並びの数字の足し算もできず、まともに意味のとおる文を作れなかった人たちだった。船上のパーティでヘレンが頼まれてダンスを承諾したが、テーブルから十フィート離れたところで彼女を侮辱した小男もいた。酒やドラッグのため公共の場所から担がれた年配の女や少女たち……女房を雪の中に閉じ込めた男たちもいたが、二九年の雪(訳注:snow=雪には白い粉すなわち麻薬の意味もある)は本当の雪じゃなかったから。それは雪じゃないと思いたかったら、何がしかの金を払えばすんだ。

彼は電話のあるところに行き、ピーターズのアパートに電話した。リンカンが出た。

「このことが気になってしかたないものですから、電話しました。マリオンは何かはっきりした事を言いましたか?」

「マリオンは病気になった」とリンカンは無愛想に答えた。「このことが全部君の責任じゃないことはわかっているが、この件で彼女の身体をこれ以上だめにすることはできない。悪いが、あと六ヶ月ずらしてもらうしかないと思う。彼女をまたこんな状態にさせるリスクは取れないんだ」

「わかりました」

「申し訳ない、チャーリー」

彼はテーブルに戻った。彼のウイスキーは空だったが、それを見てどうするか聞きに来たアリックスに彼は首を振った。今となってはオナリアに何か送ってあげる他にできることはあまりなかった。明日彼女にいっぱい送ってあげよう。彼はやや怒りながら、ただのお金じゃないかと思った──昔はあんなにたくさんの人に金をばらまいたじゃないか……

「いや、もういい」ともう一人の給仕に言った。「勘定はいくらかな？」

彼はまたいつか帰ってくるだろう。永遠に払わされることはないだろう。ただ、彼は子供が欲しかったから、その事実以外、他に大事なことはなかった。彼はもういろんな素敵な考えや夢を勝手に見られるほど若くはなかった。ヘレンは、彼にいつまでも一人ぼっちでいてほしいとは絶対思っていないはずだと信じた。

フランシス・マカンバーの短い幸せな生涯

アーネスト・ヘミングウェイ

1936

作品について　「フランシス・マカンバーの短い幸せな生涯」（*The Short Happy Life of Francis Macomber*）の初出は『コスモポリタン』誌の一九三六年九月号で、後に一九三八年刊行の『第五列と最初の四十九の物語』に編入された。物語のテーマについて、とくにマーガレットが撃った弾で夫を即死させたことの動機や意味について、作家や批評家の間でいろいろな解釈が発表されている。モームはヘミングウェイについて、「ヨーロッパと接触した作家の中でその経験を唯一自分の肥やしにしたと考えられるのはアーネスト・ヘミングウェイしかいない。その経験がなかったら彼は現代英語圏の小説界で最も多才で最強の作家だと私に思わせる視野の広さと美に対する感受性を獲得できなかったという思いがある」と絶讃している。モームは、多くの多様な佳作の短篇を書いている作家だから一つだけ選び出すのは困難な仕事だと言いながら、敢《あ》えてこの作品を選んだのは、他の短篇より傑出しているからではなく、珍しい外国での物語の優れた一例を示したかったからだと弁明している。遠い外国での物語というのは、そこが東洋であれ、アフリカであれ、ポリネシアであれ、いろいろな出来事が、異質な環境の影響によって、かつ一時的にそこに身を置く白人によって成り立つもので、物語の事件がその舞台設定なしでは起こりえない形をとるのだと説明している。

作者について　アーネスト・ヘミングウェイは作家、詩人。一八九九年七月二十一日イリノイ州オークパークで生まれ、一九六一年七月二日アイダホ州ケッチャムで六十一歳の生涯を閉じた。ロスト・ジェネレーションの一人で、アメリカを代表する作家。行動派の作家で、スペイン内戦や第一次世界大戦にも積極的に関わった。高校卒業後新聞記者となり、彼の文章スタイルの特徴である簡潔さの基礎を築き、その文体がハードボイルド文学の原点とされている。赤十字の一員としてイタリアに従軍した経験をもとに一九二九年に発表した『武器よさらば』により作家としての地位が確立された。戦争や死を主題にした作品が多い。私生活では釣りを愛し、銃による猛獣狩りを趣味とした。晩年は、二度遇《あ》った飛行機事故の後遺症による躁鬱病《そううつびょう》に悩み、執筆活動も次第に滞りがちになり、猟銃自殺により生涯を閉じた。結婚は四度経験している。子供や孫の中から作家や女優が出ている。

代表作は、『日はまた昇る』（一九二六年）、『武器よさらば』（一九二九年）、『誰がために鐘は鳴る』（一九四〇年）、『老人と海』（一九五二年）など。一九五四年ノーベル文学賞受賞。

昼食の時間になって、彼らはそれ以前に何事も起きなかったかのように装いながら、二重になった緑色のフライシートで造られた食事用テントの下にそろって坐っていた。

「ライム・ジュース？　それともレモン・スカッシュにしますか？」とマカンバーが訊いた。

「俺はギムレットをもらう」と、ロバート・ウイルソンは彼に注文した。

「私もギムレットにする。何か欲しいわよ」とマカンバーの妻が言った。

「やっぱりそれしかないな」とマカンバーも同意した。「ギムレットを三つ作れとあいつに言ってくれ」

食事係の少年はすでにその準備を始めており、テントに日陰を提供している木々の中を吹き抜ける風のため湿っぽく汗をかいている帆布の冷蔵袋からボトルを取り出していた。

「彼らにはいくらあげれば良かったのですかね？」マカンバーが訊いた。

「一ポンドもやれば十分でしょう」とウイルソンが言った。「甘やかしちゃいけませんよ」

「酋長はそれを皆に配分してくれるのですか？」

「もちろん」

フランシス・マカンバーは、半時間前に、彼のコック、世話係の少年たち、皮はぎ人、ポーターたちの腕と肩に抱えられてキャンプの外れから凱旋帰還したばかりだった。銃器係たちはこの凱旋マーチには参加していなかった。土着の少年たちがテントのドアの前で彼を下に下ろすと、彼は彼ら全部と握手して、彼らの祝福を受け、それからテントの中に入り、妻が入ってくるまでベッドの上に坐っていた。彼女は入ってきたとき、彼には話しかけなかった、それで、彼はすぐテントを出て外に置いてあるポータブルの洗面器で顔と手を洗い、食事用テントのほうに行き、日陰にあってそよ風にあたれる快適な帆布製椅子に腰を下ろした。

「君は目指すライオンをしとめたのだ」とロバート・ウイルソンが彼に言った。「しかもめちゃくちゃ立派なやつをね」

マカンバー夫人はちらりとウイルソンを見た。彼女はとびきり目鼻立ちがきりっとした美人で身だしなみがよく、美容と社交界の地位を利用して、五年前は自分で使ったことのない化粧品を写真付きで宣伝した代価に五千ドルを稼げる女性だった。彼女がフランシス・マカンバーと結婚して十一年が経っていた。

「見事なライオンですよね」とマカンバーが言った。彼の妻は今度は彼をまともに見た。彼女は目の前の二人の男を今まで見たことがないかのように眺めた。

その一人のウイルソンは白人の狩猟専門家で、彼女は、考えてみれば確かに彼を今までじっくり見たことがなかった。彼はおよそ中背の男で、砂色の髪とごわごわした口ひげを蓄えており、顔はすごく赤く極めて冷徹な青い目をしており、笑うと目尻のほのかな白い皺《しわ》が楽しそうに溝を作った。彼は今度は彼女に向かってにっこりしたが、彼女は彼の顔から視線を逸らし、彼が着ている緩いチュニックの肩が落ちるあたりに目を落とし、本来胸の左ポケットがあるはずの所に四つの大きな弾薬が輪状につながったのに目を止め、それから茶褐色の大きな手と、古びたスラックスとすごく汚れたブーツを見て、再び彼の赤い顔を見た。彼の日焼けした顔の赤みが、円形の白い線で終わっているのに彼女は気がついた。それは彼のカウボーイハットが残した跡だが、今はテントを支える柱の杭の一つにかかっていた。

「さあ、ライオンに乾杯だ」とロバート・ウイルソンが言った。彼は彼女に向かってまたニコリとした、彼女のほうは、笑顔を消して珍しそうに夫を見た。

フランシス・マカンバーは、その骨の長さが気になる人もいるかもしれないが、非常に背が高く、がっしりした体格で、肌は浅黒く、髪はボートの選手のように刈り上げられており、唇は薄く、ハンサムだと考えられていた。彼はウイルソンと同じサファリスーツを着ていて（といっても彼の身につけているのは真新しかった）、歳は三十五で、いつも体調は万全で、コート球技が得意で、大物の魚の釣り履歴を誇っていたのだが、つい先刻、公衆の面前で、腰抜けの失態を見せてしまった。

「ライオンに乾杯」と彼は言った。「あなたのおかげだ、なんと感謝していいかわかりません」

「ライオンの話は止《よ》しましょう」と彼女が言った。

ウイルソンはにこりともせずに彼女を見やったが、今度は彼女は彼を見てにっこりした。

「なんとも変な一日でしたわ」と彼女は言った。「テントの下とはいえ、真昼ですから帽子を被っているべきじゃなかったんですか？　私にはそうおっしゃったでしょう」

「被《かぶ》ってもいい」とウイルソンは言った。

「ウイルソンさん、お顔が真っ赤ですよ」と彼女は言い、またにっこりした。

「酒のせいです」とウイルソンは言った
「そうかしら」と彼女は言った。「フランシスはたくさん飲みますよ、でも彼の顔はちっとも赤くならないの」

「今日は赤面の至りだろう」マカンバーはジョークを言ったつもりだった。

「いいえ」とマーガレットは言った。「今日赤くなったのは私の顔です。でもウイルソンさんのはいつも赤い」

「きっと血統のせいだ」とウイルソンは言った。「いやはや、私の美貌をだしにした話題はやめてもらいたいな？」

「始めたばかりですわ」

「やめよう」

「それじゃとても会話が続きそうにないわ」とマーガレットは言った。

「ばかなことを言いなさんな、マーゴー」と彼女の夫が言った。

「続くさ」ウイルソンが言った。「すげえライオンを仕留めたんだ」

マーゴーは男二人を見たが、二人とも彼女が泣きだしそうだということがわかった。ウイルソンはずっと前からそうなるんじゃないかとわかっており、それを恐れていた。マカンバーはそれを恐れるどころじゃなかった。

「どうしてあんなことになったの。ああ、あんなことがなければよかったのに」と言って、彼女は自分のテントに向かって駆け出した。彼女は泣き声はあげていなかったが、彼女の肩は着ているバラ色の耐光性のシャツの下で震えているのが二人には見えた。

「女はすぐ動転する」ウイルソンが背の高い男に言った。「どうってことはない。神経が高ぶるとあれこれおきる」

「いや」とマカンバーは言った。「あれは今後一生続くと思う」

「ばかばかしい。がんとくる強いのを一杯やろう」とウイルソンは言った。「全部忘れてしまえ。なんでもない話だ」

「やりましょう」とマカンバーは言った。「しかしあなたが手をだしてくれたことは一生忘れません」

「なんの」とウイルソンは言った。「まったくばかばかしい」

テントは枝葉が大きく広がった何本かのアカシアの木の下に張られていたので、彼らはその陰に坐って、いい具合に冷えたライム・ジュースを入れたギムレットを飲んだが、その背後には巨礫《きょれき》が混じった崖があり、さらに広い草原が大きな丸石が敷きつめられた小川まで達しており、その向こうは森林になっていた。少年たちが昼食のテーブルをこしらえる間、二人は互いの目を避けていた。少年たちはみんな先刻のことを知っていることがわかったので、マカンバーの世話係の少年がテーブルに皿を並べているとき主人を怪訝そうに見ているのを見つけるとウイルソンは彼にサワヒリ語でどなりつけた。少年は驚いてぽかんとした顔をして立ち去った。

「さっきあいつに何と言ったんですか?」とマカンバーが訊いた。

「何にも。変な顔をしているとたっぷり十五回だぞと言ったんだ」

「それ、何ですか?　鞭打ち?」

「本当は法律違反だ」とウイルソンは言った。「罰金で処分することになっている」

「まだ連中を鞭打ちするんですか?」

「ああそうだ。奴らに不平を言わせておくと騒動になる。だけどそこまでにはならない。奴らは罰金よりそっちを選ぶ」

「なんて変な!」とマカンバーは言った。

「実は変でもない」とウイルソンが言った。「君ならどっちにする？　樺《かば》の枝を束ねた鞭でこっぴどく打たれるか、支払いを減らされるか？」

それからそんなことを訊いたことにウイルソンはバツの悪さを覚えてマカンバーが答える前にさらに続けた。「我々はみんな毎日何らかの意味で鞭打ちを受けている、だよね」

これもあまり良くなかった。「やれやれ何と言うことだ」と彼は考えた。「俺はもっと如才無いはずだ、違うか」

「はい、我々は鞭打ちを受けています」マカンバーはまだ彼を見ないまま言った。

「あのライオンの件ではまことに申し訳なかった。この件はここから先に広める必要はないですよね。つまり誰も噂は聞かないですよね？」

「私がムサイガ・クラブで話すかもしれない、ということか？」ウイルソンは今度は冷たい目で彼を見た。こんなことを疑われるとは思ってもみなかった。結局こいつはどうしようもない腰抜けのホモ野郎だ。さっきまではどちらかといえばかわいい奴だと思っていた。しかし、アメリカ人の素性を見抜くなんてできるか？

「そりゃない」とウイルソンは言った。「私はプロの狩猟家だ。客のことは絶対喋らない。その点安心していい。だけど、我々に話してくれるなと釘を刺すのは失礼じゃないのかな」

もうこのときには、こいつらと親密な付き合いをしないほうがはるかに楽だと決めていた。そうすれば一人で食べて、食事をしながら本を読もう。彼らは彼らで食べるだろう。サファリの間は彼らには極めて形式的につきあえばいい。それをフランス人は何と呼んだかな？品格ある慮《おもんばか》り、だ――そのほうがこんな情緒的なバカ話に付き合うよりよほど楽だ。彼を侮辱することになるがきれいさっぱり別れよう。そしたら、食事をしながら本を読めるし、そうすればまだ彼らのウイスキーを飲んでいることになる。そのウイスキーを飲むというのは、サファリが失敗した時のきまり文句だ。誰か他の白人狩猟ガイドに行き会って「調子はどうだ？」と訊いたとする、すると相手が「いやあ、まだ彼らのウイスキーを飲んでいる」と答えれば、なにもかもだめになったという意味だ。

「すみませんでした」とマカンバーは言って、彼を見た。その顔つきは中年になっても青臭さが抜けないアメリカ人の顔で、ウイルソンは今更ながら、彼の髪はクルーカットで短く、目はきれいだがかすかに落ち着きがなく、鼻は立派で唇は薄く、顎は格好良いことに気づいた。「そんなことも気がつかず失礼しました。私の知らないことばかりです」

そうこられたらどうしたらいい、とウイルソンは思った。彼はすぐにでもあっさり友達付き合いを解消するつもりでいたが、今、俺を侮辱したばっかりなのに奴《やっこ》さんが謝っている。彼はもう一度辛抱することにした。「私が話すかもしれないなんて心配しなさんな」と彼は言った。「私も暮らしを立てねばならん。いいかね、アフリカではどんな女もライオンを撃ち損なわないし、どんな白人の男も逃げ出さない」

「私は、脱兎のごとく逃げた」とマカンバーは言った。

そんな話をする男に一体何をしようとしているんだ、とウイルソンは考えた。ウイルソンは感情を表さない機関銃射撃手の青い目で彼を見ると、相手がニコリと笑い返した。傷ついたときの彼の目がどんな表情をするかに気づかない人なら、彼の笑顔は爽快だった。

「よしスイギュウ（訳注：アフリカスイギュウのこと。以下全て同じ）で挽回《ばんかい》できるだろう」と彼は言った。「次の狙いはヤツらですよね」

「よければ朝のうちに」とウイルソンは彼に告げた。ひょっとしたら彼の思い違いだったかもしれない。こういう気構えでなくちゃならない。アメリカ人にかかったらまるっきり何も予告できない。彼は再びマカンバーを見直す気分になった。ただし、今朝のことを忘れることができればだが。しかし、それはもちろんできない。今朝は何しろひどかった。

「おや奥方のお出ましだ」と彼は言った。彼女は、元気を取り戻し機嫌よくとても可愛らしい顔でテントからこちらに歩いてきていた。彼女の顔は完璧なうりざね顔で、あまりに完璧なので阿呆《あほう》じゃないかと思えるほどだった。しかし彼女は阿呆じゃない、とウイルソンは思った、いや、決して阿呆じゃない。「うるわしの赤顔ウイルソンさん、ご機嫌はいかが？わたしの宝フランシス、気分は良くなったかしら？」

「ああ、だいぶ」

「何もかも洗い流したわ」と、テーブルに坐りながら彼女は言った。「フランシスがライオンを殺すのに上手であろうがなかろうが、それがなんなの？　そんなのあの人の商売じゃない。それはウイルソンさんの商売だ。ウイルソンさんはどんな生き物でもものの見事に殺す腕がある。あなたはどんな生き物でも殺すでしょ？」

「ああ、何でも」とウイルソンは言った。「まったく何でもだ」彼は考えた、彼女らは世界で最も厄介だ、最も厄介で、最も凶悪で、最も略奪的で、しかも最も魅力的だが、男どもは彼らとは反対に軟弱になり、あるいは神経が参っている。あるいはむしろ、彼女らはあやつれる男を選ぶといったほうがいいか？　彼女らは結婚する年頃にはそんなことまでは知りえない、と彼は考えた。こいつは非常に魅力的な女だから、彼はこれまでにアメリカの女性に関して勉強を終えていて良かったと感謝した。

「朝のうちにスイギュウを狙う」と彼は彼女に告げた。

「私も行く」と彼女が言った。

「いや、あなたはだめだ」

「いいえ、私は行きます。いけないの、フランシス？」

「キャンプにいたらどうだ？」

「絶対いやだ」と彼女は言った。「今日みたいなことは何があっても見逃さない」

さきほど彼女が席を立ったとき、ウイルソンは考えていた、彼女は泣くために離れたんだ、なんと繊細な女にみえるじゃないか。彼女は、彼のため、そして彼女自身のため、理解し、実感し、傷ついたようであり、いまどんな状況かをわきまえているようだ。彼女は二十分ばかり離れていたが、今また、あのアメリカ女の残酷さに磨きをかけて、戻ってきた。奴らはべらぼうな女たちだ。ほんとうにべらぼうだ。

「明日はもう一つのショーを見せてあげる」とフランシス・マカンバーが言った。

「あなたはきちゃいけません」とウイルソンが言った。

「とんでもない考え違いよ」と彼女は反論した。「あなたがまた腕を振るうところをどうしても見たいの。今朝のあなたは素敵だった。つまり、生き物の頭をぶっ飛ばすのが素敵だと言っていいのならよ」

「さあ、お昼だ」とウイルソンが言った。「えらくはしゃいでいるじゃないですか」

「当然よ。ここまで来て退屈していることはないわ」

「うん、これまでも一度も退屈だったことはなかった」とウイルソンは言った。遠くに川にころがった丸石が見え、その向こうに木々の生えた高い土手が見渡せたので、彼は今朝のことを思い出した。

「そうよ」と彼女は言った。「しびれたわ。それで明日も。明日がどんなに待ち遠しいかあなたにはわからないわ」

「彼が取り分けているのはエランドの肉だ」とウイルソンは言った。

「エランドって大きな牛のようなものでウサギみたいに跳ぶやつでしょう」

「言い得て妙だ」とウイルソンは言った。

「この肉はとても美味しいよ」とマカンバーが言った。

「これあなたが仕留めたの、フランシス？」

「そうだ」

「危険な動物じゃないんでしょ？」

「君の上に乗っかったときだけは危険だよ」とウイルソンが言った。

「あら嬉しいわ」

「そんなはしたない言い方はいい加減にしてほしいね、マーゴー」マカンバーは、エランド・ステーキを切り取り、肉を突き刺したフォークの背中にマッシュポテトと肉汁ソースと人参を載せながら言った。

「じゃそうするわ」とマーゴーは言った。「あなたの言い方がとても紳士的だったから」

「ライオンを仕留めたシャンパンは今夜にしよう」とウイルソンが言った。「昼にはちょっと暑すぎる」

「ああ、ライオンね」とマーゴーが言った。「ライオンのこと忘れていた」

そこで、ロバート・ウイルソンは黙って考えた、「彼女はあいつの気持ちを楽にさせようとしているんだ、違うか？」あるいは、これは彼女一流の見栄えのいい演技と考えるべきか？　夫がどうしようもない腰抜けだとわかった女はどう行動すべきだろうか？　彼女はめちゃくちゃに冷酷だが彼女らはみんな冷酷だ。もちろん牛耳っているのは彼女らだから、牛耳るためにはときには冷酷になる必要がある。とはいうものの、俺は彼女らのどうしようもないテロ行為を嫌というほど見てきた。

「エランドをもっと召し上がれ」と彼は彼女に丁寧な言葉を使った。

その日の午後遅く、ウイルソンとマカンバーは現地人の運転手と二人の銃器係と一緒に車で出かけた。マカンバー夫人はキャンプに留まった。出かけるには暑すぎる、と彼女は言って、明日早く彼らと出かけるつもりだった。車が出発するとき、彼女は大きな木の陰に立ち、かすかにバラ色がかったカーキ色の服を着て黒髪を額から後ろにかきあげて首に深くかかるように結わえているのを見てウイルソンは美しいというより愛らしいと思い、彼女があたかもイングランドにいるかのごとく、その顔が清々しいなと思った。車が背の高い雑草の茂った低湿地を通り抜け、雑木林の中を曲がりながらサバンナの緩やかな丘陵地帯に入るまで彼女は彼らに手を振った。

サバンナで彼らはインパラの群れを見つけ、彼らは車を降りて角が長く大きく横に広がった年取った一匹のオスの後をそっと追い、ゆうに二百ヤードも離れたところからマカンバーがそいつを極めて見事な一撃で仕留めたが、狂乱した群れは互いの背中を飛び越えながら逃げ惑った。群れが脚を丸めて前方に突き出して大跳躍する姿は、ときに夢で見る信じられない空中浮遊のようであった。

「見事な一撃だ」とウイルソンが言った。「的は小さかったからね」

「あの枝角は価値ありますかね？」とマカンバーが尋ねた。

「逸品だ」ウイルソンが教えた。「そんな腕前なら全然心配することはない」

「明日スイギュウは見つかると思いますか？」

「かなり可能性は高い。ヤツらは朝早く餌を食うので、運がよければ開けた場所で見つけられるかもしれない」

「どうしてもあのライオン事件の雪辱を果たしたい」とマカンバーは言った。「あんなところを女房に見られたなんて後味が悪いですからね」

ウイルソンは考えた、女房に見られようが見られまいが、俺なら、そんなことをすること自体、あるいはそんなことをしたことを口に出すほうがよほど後味が悪い。しかし、彼はこう言った。「私ならそのことはもう考えないな。誰でも最初のライオンには気が動転する。みんな終わったことだ」

しかしその夜、夕食を終え就寝前にソーダ割りウイスキーを飲んで、フランシス・マカンバーが蚊帳を張りキャンプ用ベッドに寝そべって夜の雑音を聴いていると、それは決して終わっていなかった。それは終わっていないどころか始まってもいなかった。それはあのときと全く同じ状態で、いやある部分は決して消えることなくむしろ強調されて、そこに再現され、彼はみも蓋《ふた》もなく恥じ入った。しかし、恥じ入る以上に彼は全身にぞっとするような底なしの恐怖を感じた。その恐怖はかつて自信が溢れていたところに全く底なしの冷たい泥の穴のように蘇ってきたので、彼は悪寒がした。それはまだ彼の身体を去っていなかった。

それは前の晩、彼が目覚めてどこか川の上流でライオンの咆哮《ほうこう》を聞いたときに始まっていた。その声は低く、最後に咳《せき》をするような唸《うな》り声がすぐテントの外から聞こえるようだったので、フランシス・マカンバーは夜目覚めてそれを聞くと恐ろしかった。彼の妻は静かに寝息をたてて眠っていた。彼が怖がっていることを告げる人間も、彼と共に怖がる人間もいなくて、一人で寝ている彼にとって、勇者が必ずライオンに恐怖を感じるときが三度あるというソマリの諺《ことわざ》を知る由もなかった――それは、ライオンの通った足跡を初めて見たとき、初めてライオンが咆哮するのを聞いたとき、そして初めてライオンと対峙《たいじ》したとき、だった。その後、太陽がまだ上らないうちに、食事用テントの中のカンテラの明かりで朝食を食べているとき、そのライオンが再び咆哮したが、そのときそいつはキャンプのすぐ外れに来ているとフランシスは考えた。

「声からすると年寄りのようだ」ロバート・ウイルソンはキッパーとコーヒーから目を上げながら言った。「あいつが咳をするのが聞こえる」

「すぐ近くに来ているのですか?」

「一マイルかそこら川上だ」

「見えますかね?」

「見つけるさ」

「あいつの唸り声はそんなに遠くまで届くのですか?」

「めちゃくちゃ遠くまで届く」とロバート・ウイルソンは言った。「どうしてあんなに届くのか不思議だ。あいつが撃ってもいいライオンであればいいがな。地元の連中の話では、このあたりにすごくでっかいのがいたそうだ」

「私が狙う場合、仕留めるには、どこを撃てばいいのですか?」とマカンバーは尋ねた。

「肩の中だ」とウイルソンは言った。「できれば首だ。骨を撃つんだ。撃ち壊すのだ」

「まともなところを撃ちたいな」とマカンバーが言った。

「君の腕は確かだ」とウイルソンは褒めた。「ゆっくり時間をかけて、敵を確実に狙う。大事なのは最初の一発だ」

「距離はどのくらいですか?」

「なんとも言えない。それはライオンしだいだ。十分近づいて確実だと思うまで撃ってはだめだ」

「百ヤード以下になるまで?」

ウイルソンはすぐに彼を見た。

「百ヤードでいいだろう。もう少し近くで狙う場合もある。それよりあまり離れたところで当てずっぽうに打っちゃいかん。百ヤードがいい目安だ。その距離ならどこを撃ってもいい。そら、奥方のお出ましだ」

「おはよう」と言って、「あのライオンを狙うのですか」と彼女は訊いた。

「あんたの食事が終わり次第に」とウイルソンが言った。「気分はいかがです？」

「最高よ」と彼女は言った。「わくわくしているわ」

「俺はちょっと失礼して準備の具合をチェックしてくる」ウイルソンが出ていった。彼が去ろうとすると、そのライオンがまた吠《ほ》えた。

「うるさいやつだ」とウイルソンは言った。「それも今日でおしまいにしてやる」

「どうかしたの、フランシス？」と彼の妻が訊いた。

「どうもしない」とマカンバーは答えた。

「いや、なにかある」と彼女は言った。「何をうろたえているの？」

「なにもない」と彼は言った。

「話してちょうだい」彼女は彼を見た。「気分が悪いの？」

「あのくそったれライオンの唸り声だよ。一晩中続いていただろう」

「どうして起こしてくれなかったの？」と彼女は言った。「聞きたかったわ」

「あん畜生め、ぶっ殺してやる」とマカンバーは言った、我慢ならないというように。

「そうよ、そのためにここまで来たんでしょう」

「ああそうだが、緊張している。あいつが唸るのを聞くとイライラする」

「ウイルソンが言ったでしょ、だからこそ、あいつを仕留めて唸り声を止めなさいよ」

「そうだな、君」とフランシス・マカンバーは言った。「言われてみれば簡単なことだよね」

「怖いの？　じゃないでしょ？」

「もちろん怖くはない。だけどあいつが夜通し唸るのを聞いていたら緊張してきた」

「きっと見事に殺せるわよ」と彼女は言った。「信じているわ。早く見たくてしようがないわ」

「朝ごはんを済ませなさい、そしたら出発だ」

「まだ外は明るくない」と彼女は言った。「バカみたいに早い時間なのね」

ちょうどそのときそのライオンが吠えた。それは、腹のそこから唸るように、突然しわがらせた声で段々振動速度を上げ、あたりの空気をビリビリ震わせたかと思うと、胸の奥底から出る低いため息のような唸りで終わった。

「ほとんどここにいるように聞こえるわね」とマカンバーの妻が言った。

「畜生」とマカンバーは言った。「あの唸り声には我慢ができない」

「とても堂々としているじゃないの」

「堂々としている。怖いよ」

そのときロバート・ウイルソンが、短筒で格好が悪く口径がびっくりするほどでかい505ギブズ銃（訳注：弾薬筒が0・505インチの大型ライフル）を携えて笑いながら入ってきた。

「さ、いくぞ」と彼は言った。「銃器係はあんたのスプリングフィールド小銃とでかいのを用意している。全部車に積んである。弾は持ったか？」

「はい」

「私は準備できているわ」とマカンバー夫人が言った。

「うるさいやつだ、黙らせてやる」とウイルソンは言った。「君は前に乗ってくれ。奥方は私と一緒に後部に坐ってください」

彼らは自動車に乗り込み、夜明けの灰色の光の中、樹木の中を通り抜け川上に向かって進んだ。マカンバーはライフルの銃尾を開け、金属ケースの銃弾を確認し、遊底を締め、ライフルに安全装置をかけた。彼は手が震えているのがわかった。彼はポケットに手を突っ込み弾薬がまだあることを確かめ、チュニックの胸に輪状に収められた弾薬の上に指を這わせた。彼が、ドアのないハコ型の車体の後部座席に、妻のそばに坐っているウイルソンのほうを振り返ると、二人とも興奮してにこりと歯を見せていたが、ウイルソンが身を前に乗り出して囁《ささや》いた、

「ほら鳥が下降しているだろ。ということは、アイツが殺した獲物から離れたということだ」

小川のさらに上流の土手の樹林の上空に、ハゲワシが旋回しながら急降下しているのをマカンバーは見ることができた。

「ひょっとしたら、アイツが水を飲みにこっちに来るかもしれん」とウイルソンは囁いた。「一眠りする前にね。油断なく見てろ」

彼らの車は、小川がちょうどそこで丸石が敷きつめられた河床に深く折れて流れているあたりの高い土手に沿ってゆっくり進んでいたが、それから先は車は大きな樹木の中を入ったり出たり蛇行しながら前進した。マカンバーが対岸をじっと見ているときウイルソンが彼の腕を掴むのがわかった。車が止まった。

「あそこにいる」と彼が囁くのが聞こえた。「前方の右手だ。降りてやつを仕留めるんだ。素晴らしいライオンだ」

マカンバーにもライオンが見えた。ライオンはほぼ横向きに立っており、大きな頭をあげ、彼らのほうに向けた。彼らのほうに吹いていた早朝の風がライオンの黒いたてがみをわずかに揺らしていた。ライオンは灰色の朝日に照らされた向こう岸の勾配を背にして輪郭を浮かび上がらせており、巨大で、肩は隆々として、胴体は万遍なく盛り上がっていた。

「距離はどのくらいですか?」マカンバーはライフルを持ち上げながら訊いた。

「約七十五。降りていって仕留めなさい」

「撃つのはここからでもいいでしょう?」

「車の中から撃つやつはいない」ウイルソンが耳に囁くのを聞いた。「降りるんだ。あいつはいつまでもあそこにはいないよ」

マカンバーは前部座席のそばにある湾曲した開口部から足を外に出し、踏み台に乗り、地面に降りた。ライオンの目には特大のサイのように立ちはだかる影絵としか映らなかったこの物体に対して、ライオンは堂々とかつ冷静に、視線をむけたまま立っていた。ライオンのほうには人間の匂いは運ばれず、ライオンは大きな頭を左右に少し動かしながらこの物体をじっと観ていた。それから、ライオンはこの物体をじっと見つめながら、恐れはしないが、行く手に物体があるので土手を降りて水を飲むのを躊躇していると、その物体から人間の姿が切り離されるのを認め、重い頭を背けた瞬間そいつは凄まじい轟音を耳に聞き、重量220グレイン（訳注：14グラム）の30－06スプリングフィールド（訳注：設計時期一九〇六年弾丸径0・30インチの小銃）弾を脇腹に受け、それが腹を貫通して突然全身焼けるよう熱さと吐き気の衝撃を受けたので、樹林に身を隠すべく横跳びに跳んだ。ライオンは、傷ついた肥えた腹を揺らしつつ、重くでかい足で、樹林の中を抜け、背の高い草むらと茂みのほうに小走りに走ったが、再び轟音が鳴り響き何かが空気を引き裂きながらライオンを掠《かす》めた。それからまた轟音がしたとき、何かががバラ肉の下に当たり貫通した衝撃を感じ、ライオンは突然熱い血と泡を口に含みながら、背の高い草むらのほうに全力で駆け抜け、そこにうずくまって姿を隠して、この衝撃を与える物をもっと近くまで持ってこさせ、飛びかかってそれを握っている人間を殺そう思った。

マカンバーは自動車を離れたときライオンが何を感じているかなど考えなかった。彼が知っていたのは手が震えているということだけで、車を離れて歩こうとしたとき足を前に出すことがほとんど不可能だった。足の太ももは硬直していたが、筋肉がぴくぴく震えるのを感じることができた。彼はライフルを持ちあげ、ライオンの頭と肩の接合点に狙いをつけ、引き金を引いた。指が折れるのではないかと感じるまで引き金を引いたが何事も起きなかった。そのとき彼は安全装置がかかっていることに気づき、安全器を外そうとライフルを下に下ろしながら凍った足を一足先に出したとき、ライオンは車のシルエットから彼のシルエットが離れたことを見て、反転し早足で立ち去ろうとした。それからマカンバーが発射するとブスッという音が聞えたので、それは弾があたったことを意味した。しかしライオンは走り続けていた。マカンバーはもう一度撃ったが、弾は逃げるライオンの先に土煙をあげたのを皆見ていた。彼は狙いを下げなければならないと思い出してまた撃ったら、今度は弾が当たった音を皆が聞いた、するとライオンは全力疾走に移り、マカンバーが遊底を前にスライドする暇もなくライオンは背の高い草むらに隠れた。

マカンバーは吐きそうな気分で、撃鉄を起こしたままのスプリングフィールドを持っていた手は震えながら、そこに立っていたが、彼の妻とロバート・ウイルソンが彼の近くに立っていた。彼のそばで二人の銃器係がカンバ語でしゃべっていた。

「あいつに当てた」とマカンバーが言った。「二回当てた」

「腹に当たったんだ、それからどこか前に当たった」とウイルソンは興ざめした口調だった。銃器係たちはとても深刻な顔をしていた。彼らは今は黙っていた。

「殺したかもしれないが」とウイルソンは続けた。「しばらく待ってから様子を見に行こう」

「どういう意味ですか？」

「ヤツの体が弱ったころに様子を見る」

「なるほど」とマカンバーは言った。

「とんでもなく立派なライオンだ」とウイルソンは機嫌よく言った。「だが工合悪い場所に逃げ込まれた」

「何で工合が悪いんですか？」

「あいつのそばまで近づかないと姿が見えない」

「なるほど」とマカンバーは言った。

「さあ行くぞ」とウイルソンが言った。「奥方は車にいてもらおう。我々は出かけて血痕を調べよう」

「ここにいなさいよ、マーゴー」とマカンバーは妻に言った。彼の口は乾いて話をするのが困難だった。

「どうして？」と彼女が訊いた。

「ウイルソンがそう言うから」

「我々は調べに行くんだ」とウイルソンが言った。「あなたはここにいなさい。ここからのほうがむしろよく見えます」

「わかったわ」

「ウイルソンはスワヒリ語で運転手に話しかけた。彼は頷いて言った。「そうだ、ブワナ」

それから木の根っこが張り出している近くに車を止め、彼らは急な土手を降り川を渡り、玉石の転がっているあたりを越え、反対側の土手に上り、しばらく進むとマカンバーが最初の一発を放ったときライオンが早足で去った場所にたどり着いた。川岸の土手に沿った樹木の背後に生えている低い草むらの上を銃器係が草の茎で指し示したので見ると黒い血の塊が落ちていた。

「これからどうするんですか?」とマカンバーが訊いた。

「どうもこうもない」とウイルソンは言った。「車はこちらに持ってこられない。土手が急すぎる。やつをちょっと固まらせて、それから君と私で踏み込んでやつを探すんだ」

「草を焼き払えないのですか?」とマカンバーが訊いた。

「青すぎる」

「勢子《せこ》にやらせることはできないのですか?」

ウイルソンは相手の感覚を疑うかのように彼を見た。「もちろんできるさ」と彼は言った。「だけどそうなるとちょっと殺人だ。いいかい、ライオンが傷ついているよね。傷ついていないライオンなら追い出せる――音がする前に動きだすだろう――だけど手負い獅子は攻撃してくるんだ。あいつのそばまで近づかないと姿が見つからない。ぴったりと腹ばいになって隠れているからまず見つからない。土地の連中にそんな危ない芸当をさせるためにそこに送り込むわけにはいかない。必ず誰かが食い殺される」

「銃器係はどうですか?」

「彼らは一緒についてくる。苦しいがこれは彼らの定めだ。そんな契約に合意したんだからしかたがない。だけど、あんまり嬉しい顔はしていないよね」

「僕はあそこに行きたくない」とマカンバーは言った。それを言うべきかどうか考える前に口にでた。

「俺だって行きたくはない」とウイルソンは陽気に言った。「だけど他に仕方がない」それから、あとから思いついたかのように、マカンバーをちらりと見たが、そのとき突然彼がぶるぶる震えており、哀れな表情を顔に浮かべているのに気づいた。

「もちろん、君はどうしても行かなきゃならんことはない」と彼は言った。「このために俺は雇われたんだからね。だから俺の契約料は高いんだ」

「あなた一人で行くという意味ですか? あいつを置き去りにしておきましょうよ」

ロバート・ウイルソンは、ライオンと向き合いそいつが投げかける問題に対処するのが専門の職業で、マカンバーに関してはいやにびくびくした男だと気づいた以外何も考えたことがなかったので、突然、ホテルで間違った部屋のドアを開け恥ずかしいものを見たような感覚に囚われた。

「どういう意味だ?」

「あいつはほっときましょう」

「あいつは弾に当たっていないと思い込みたいということか?」

「いや。もうおしまいにしましょう」

「おしまいにはできない」

「どうしてですか?」

「一つは、あいつの苦しみが続くからだ。それから、誰か他の人間があいつに出くわすかもしれないからだ」

「なるほど」

「だけど君は関わらなくてもいいんだよ」

「関わりたいです」とマカンバーは言った。「ただ、おっかないだけですよ」

「入っていくときは俺が先に行く」とウイルソンは言った。「コンゴニに足跡を追わせる。君は俺の後ろのちょっと片側にいなさい。たぶんヤツの唸るのが聞こえるだろう。ヤツが見つかったら二人で撃つんだ。何も心配することはない。俺が君の援護をする。実際問題、君は行かないほうがいいな。そのほうがずっといいかもしれない。俺が始末をつけるからその間君は戻って奥方と一緒にいたらどうだ」

「いや僕は行きたい」とマカンバーは言った。

「そうかい、いいだろう」とウイルソンは言った。「だけど入って行きたくないのなら行きなさんな。こうなったらこれは俺がやらねばならない仕事だ」

「僕は行きたい」とマカンバーは言った。

彼らは一本の木の下に坐り、タバコを吸った。

「ここで待っている間あっちに戻って奥方と話したくないのか?」

「ないです」

「じゃ俺が戻ってもうちょっとの辛抱だと言ってくる」

「いいでしょう」とマカンバーは言った。彼はそこに坐ったままだったが、脇の下は汗ばみ、口は乾き、胃は空っぽの感じで、俺なしで出かけて行って片付けてくれとウイルソンに頼む勇気がでることを願っていた。マカンバーは、自分がさきほどどんな状態にいたのかも気づかずにウイルソンを妻のところに帰したので、彼が激怒していることをマカンバーは知る由もなかった。彼が坐っているとウイルソンがやってきた。「君の大口径ライフルをもってきてやった」と彼は言った。「持ってくれ。もうあいつに十分時間を与えたはずだ。さあ行こう」

マカンバーがそのライフルを受け取るとウイルソンが言った。

「俺の後、だいたい五ヤード右にくっついて、俺が言う通りにやってくれ」それから彼は憂鬱そのものの顔をしている二人の銃器係にスワヒリ語で話しかけた。

「行くぞ」と彼は言った。

「水を一杯飲ませてもらえますか」とマカンバーは頼んだ。ウイルソンが年長の銃器係に話しかけると、彼は腰のベルトに携帯していた水筒をベルトから外し、口の栓をひねり、マカンバーに渡したが、彼はそれを受け取るとそれが意外に重く、手にした水筒のフェルトのカバーがなんとも手触りが悪く安物だと気づいた。彼はそれを持ち上げて飲み、背の高い草むらとその背後に生えている何本かのてっぺんが平らな樹木をまっすぐ見た。風はそちらの方向に吹いており、風の中で草が緩やかに波を打っていた。彼が銃器係を見ると、その男も恐怖をこらえているのがわかった。

巨大なライオンは草むらの三十五ヤード先の地面にひれ伏していた。ライオンの耳は後ろに下がり、唯一の動きは、かすかに上下にぴくぴくしている長く黒いふさ状の尻尾だけだった。ライオンはこの隠れ場所に着くとすぐこの守備体制をとったが、満腹の腹を貫通した傷に参っており、肺に貫通した傷のため、息をするたびに血に染まった薄い泡を口に吐き、弱ってきていた。ライオンの脇腹は湿り、熱く、鉄の弾が皮を通った跡にできた小さな穴にハエがたかっているが、息をしながら痛みがくるときだけまばたきをして、大きな黄色い目を憎しみに細めて真っ直ぐに向け、脚の爪は柔らかな焼けた地面に埋めていた。その体の全てが、激痛、悪寒、憎悪と残る力の全てを凝縮して次の襲撃のため比類なき集中力を高めていた。ライオンは人間の話し声が聞こえてきたので、人間が草むらに入った途端に襲撃する準備のため全身を集中させ、待った。彼らの声が聞こえてくるとライオンは尻尾をこわばらせぴくぴくと上下に動かした。そして、彼らが草むらの端に足を踏み入れた途端にライオンは咳をするような唸り声をあげて突撃した。

年長の銃器係は先頭に立って血痕を探し、ウイルソンは少しでも草が動きはしないかと警戒しながらライフルを構え、二人目の銃器係は耳を澄ましながら前方を見つめ、マカンバーはウイルソンの近くでライフルの撃鉄を起こしていたが、彼らがちょうど草むらに足を踏み入れたとき、マカンバーは血で喉を詰まらせて苦しそうな唸り声を聞き、草むらからワサワサと音を立てて飛びかかるものを見た。次の瞬間彼は走り出したことしか覚えていなかった。パニックに陥って空き地をなりふり構わず、小川のほうに走りに走っていた。

ウイルソンの大口径ライフルがドッパーンと唸るのを彼は聞いた、そしてまたドッパーンという二回目の爆音を聞いたので、振り返って見ると、ライオンの頭の半分は無くなったかのように見え、身の毛もよだつ形相で高い草むらの端をウイルソンのほうに腹ばいで動いていたが、赤顔の狩猟家は短筒の不格好なライフルの遊底を動かし、用心しながら狙いをつけ銃口からもう一度ドッパーンという発射音を響かせた。それまで這っていたライオンはその大きな黄色い図体を硬直させ、切断された巨大な頭が前に転がり落ちた。マカンバーは走って逃げた空き地の中に一人で立っており、二人の黒人と一人の白人が軽蔑の目で彼を見ていたが、そのとき彼はライオンが死んだと知った。背の高さが目立ち不面目が裸で歩いているようにして彼がウイルソンのほうに近づくと、ウイルソンは彼を見て、言った。

「写真を撮りたいか？」

「いや」と彼は言った。

自動車にたどり着くまで誰も喋らず彼らが口にしたのはそれだけだった。

やっとウイルソンが言った。

「すげえライオンだ。あの連中がこれから皮を剥ぐ。このまま日陰で休もうか」

マカンバーの妻はこの間彼のほうを見向きもしなかったし、彼も彼女を見なかった。ウイルソンが前部座席に坐ったので彼は後部座席の彼女のそばに坐った。彼は一度も彼女のほうを見ないで手を伸ばして彼女の手をとったが、彼女はその手を払いのけた。銃器係らがライオンの皮を剥いでいるところを小川越しに眺めてみると、彼女は全てを見ることができたのだと彼は悟った。彼らがそこに坐っている間、彼の妻は前に手を伸ばしウイルソンの肩に手をかけた。彼が振り向くと、彼女は低い座席から身を乗り出して彼の口にキスした。

「おやおや」とウイルソンは言って、パンを焼いたようないつもの顔色をさらに赤くした。

「ロバート・ウイルソンさま」と彼女は言った。「美しい赤顔のロバート・ウイルソンさま」

それから彼女は再びマカンバーのそばに坐ったが、視線を小川の向こうのライオンが横たわっている場所に逸らした。ライオンは皮を剥がれ腱と思しきものと白い筋肉がむきだしになった前足を上にあげられ、膨れた白い腹を見せていたが、黒人たちは剥いだ生皮から肉を削りとっていた。最後に銃器係たちは湿ったままの重い剥いだ皮を持ってきて、それを後ろに抱え込み、くるくると巻き上げてから飛び乗ると、車が発車した。彼らはキャンプに戻るまでそれ以上誰も何も言わなかった。

以上がライオン事件の顚末《てんまつ》だった。マカンバーはライオンの気持ちがわからなかった。ライオンが襲撃のため飛び上がる前に、あるいは飛び上がったその最中に、口径ポイント505インチの弾丸が初速二トンの衝撃でその口を打ち抜いたとき、あるいはまた二度目の破壊的な銃撃が体の後半身を打ち砕いたとき、何ゆえに前進したのか、その身体を木っ端微塵に打ち砕いた凶器に向けて何ゆえに腹ばいながら前進したのか、ライオンはどんな気持ちだったのかマカンバーはわからなかった。ウイルソンはそれについてなにがしかを知っていたが、それを次のように表現しただけだった。「とんでもなくすげえライオンだ」しかしマカンバーはウイルソンが事件をどう考えているのかもわからなかった。彼は妻がどんな気持ちでいるのかわからなかった。ただ、彼女とはこれで終わったということはわかった。

彼の妻はこれまでも彼と縁を切ったことはあったが、いつも長続きしなかった。彼は莫大な富を持っていたし、これからもさらに富は増えるだろうから、彼女が彼を捨てることはこの先も決してないと彼は自信を持っていた。それは彼が本当に自信を持っている数少ないことの一つだった。彼が確かだと思っていたことは、オートバイのこと——これは最も若い頃のことだったが——自動車のこと、鴨撃ちのこと、マスやサケや大物の海洋魚の釣りのこと、本から仕入れた、あまりに多くの本から仕入れたセックスのこと、全てのコート競技のこと、犬のこと（馬のことはそれほどでもない）、自分の金をしっかり掴んでおく方法のこと、その他彼の世界が関係することのほとんどについてと、彼の妻が出て行かないということだった。彼の妻はかつてたいそうな美人だったが、今でもアフリカでは美人であるが、故国ではもはや彼のもとを去ってさらにいい暮らしができるほどの美人ではなかった——彼女はそれがわかっていたし、彼もそれがわかっていた。彼女は彼と別れるチャンスを見逃していたのだが、それを彼はわかっていた。彼が女性との付き合いがもっと上手《うま》かったら、彼に新しい美人妻ができるのではないかと彼女はおそらく心配し始めていただろう。しかし、そんなことを心配しなくてよいほど彼女は彼のことを知り尽くしていた。さらに、別の意味で彼にとって最大の不運かもしれないが、彼は最高の美徳だと思われる強い忍耐力を備えていた。

それやこれや総合すると彼らの結婚は、破局がしばしば噂されるが決してそうならないカップルの類いで、比較的幸せなカップルだと世間では思われており、社交欄のコラムニストが評したように、彼らは、大いに羨望され不思議に長続きしている「ロマンス」に単なるアドベンチャーというスパイス以上のものを「サファリ」によって加えているところだった。ところで、その大陸は、マーティン・ジョンソン夫妻（訳注：マーティン・ジョンソン一八八四～一九三七と妻オサ・ジョンソン一八九四～一九五三は実在の米国人冒険家、映画製作者で、数々の僻地踏査やアフリカでのサファリを体験した）がアメリカ自然博物館に展示するための標本を集めたりしながら、何度も銀幕でライオンの「オールド・シンバ」や、スイギュウや、象の「テンボ」（訳注：スワヒリ語でシンバはライオン、テンボは象を意味する）の生態実像を映写して光を当てるまでは「未踏未開のアフリカ」と呼ばれていた。先のコラムニストが過去に少なくとも三度彼らは危機の寸前にあると報じたことがあるように、彼らは破局寸前だったことがあった。しかし、いずれの場合も彼らはそれを乗り越えた。二人には結合するだけのしっかりした共通基盤があった。マーゴーはマカンバーが離婚できないほど美しすぎたし、マカンバーはマーゴーが別れられないほどの金を持っていた。

それは午前三時頃のことで、フランシス・マカンバーは例のライオンのことが頭から離れたあとしばらく眠っていたが、目覚めてそれからまた寝て、血だらけの頭をしたライオンが体の上におい被《かぶ》さっている夢を見て恐ろしくて突然目覚めて、心臓の動悸《どうき》が激しく打つのを聞いていたが、テントの中の別のベッドに寝ていた妻がいないことに気づいた。彼はそれに気づいたまま二時間眠らずにいた。

二時間経つと妻がテントに入ってきて、蚊帳を上げて気持ちよさそうにベッドに潜りこんだ。

「どこへ行っていたんだ？」マカンバーが暗闇の中で訊いた。

「おや」と彼女は言った。「起きていたの？」

「どこに行ってたんだ？」

「外の空気に当たりにちょっと出ていたの」

「よく言うよ」

「何て言って欲しいの、あなた？」

「どこに行ってたんだ？」

「外の空気に当たりに」

「白々しい。尻軽女め」

「じゃ、あなたは腰抜けよ」

「そうかい」と彼は言った。「だからどうしたと言うんだ？」

「どうにもしないわ、私はね。でもお願いだから話はやめてよ、あなた、私とても眠いんだから」

「何でも僕が我慢すると思っているのか？」

「ええそう思っているわ、あなた」

「ふん、そうはいかん」

「ねえ、あなたお願い、お話は止めましょう。すごく眠いの」

「こんなことこれからはもうないはずだった。もうないと約束したはずだ」

「そうね、それがあったのよ」と彼女はすらりと答えた。

「今度この旅行をしたらこんなこと絶対ないと言ったじゃないか」

「そう言ったわね。そのつもりだったわ。でもこの旅行は昨日でぶち壊された。そのこと話す必要はないでしょう？」

「人の弱みにつけこむチャンスは逃さないってわけか？」

「お願いだから話は止めましょ。とても眠いの、あなた」

「僕は止めないよ」

「じゃ私に構わないで、もう眠りますから」そして彼女は眠った。

朝食時、彼ら三人は夜明け前にテーブルについたが、フランシス・マカンバーは、いままで憎んだ人間がたくさんいた中でロバート・ウイルソンが一番憎いと思った。

「よく眠れたかい？」ウイルソンはパイプを詰めながら、いつものしわがれ声で訊いた。

「そっちは？」

「ぐっすり」と白人の狩猟家は言った。

むかつく男だな、とマカンバーは考えた。なんて厚かましい奴だ。

そうか、テントに入ったとき彼女は彼を起こしたんだと、感情のない冷たい目で二人を見ながら、ウイルソンは思った。だけど、どうして自分の女房をちゃんと捕まえておかないのだ？　俺を何だと思っているんだ、聖人君子とでも思っているのか？　女房は自分でしっかり捕まえておかなくちゃ。これは自業自得だ。

「スイギュウは見つかると思います?」と、マーゴーはアプリコットの皿を押しやりながら訊いた。

「たぶん」とウイルソンは言って彼女に微笑《ほほえ》んだ。「あなたはキャンプにいたほうがいい」

「とんでもない」彼女は断固として言った。

「キャンプにいるように命令したらどうです?」とウイルソンはマカンバーに言った。

「あんたが命令してくれ」マカンバーは冷淡に応えた。

「命令だとかなんだとか馬鹿な話は辞めてよ、フランシス」マーゴーはマカンバーのほうを向いてとても愛想よく言った。

「出発準備はできているのですか?」

「いつでも」とウイルソンは彼に告げた。「奥方も一緒に行かせたいのかね?」

「僕が行かせたいかどうか関係ないでしょ?」

どうにでもなりやがれ、とロバート・ウイルソンは思った。まったくどうにでもなれ、知ったことか。というわけでそうなるしかなさそうだ。だからしようがない、そうなるしかなさそうだ。

「関係ない」と彼は言った。

「私一人をスイギュウ狩りに出かけさせて、あなたは彼女とキャンプに残りたいんじゃないのですか?」とマカンバーが訊いた。

「そりゃできない」とウイルソンが言った。「私ならそんなくだらんことは言わんがね」

「くだらんことは言っていない。胸糞《むなくそ》が悪い」

「胸糞、きたない言葉だ」

「フランシス、お願いもっと分別のある話し方をしてくれない?」と彼の妻が言った。

「僕の話は分別すぎるぐらいだ」とマカンバーは言った。「君は今まであんな不潔な食べものを食べたことがあるのか?」

「食べ物がなにか悪かったのか?」とウイルソンが静かに訊いた。

「悪いのは全部だ」

「抑えて、抑えて、未熟だなあ」とウイルソンは極めて落ち着いて言った。

「テーブルで給仕している子は少し英語がわかる」

「小僧なんか糞喰《くそく》らえだ」

ウイルソンは立ち上がり、パイプを燻《くゆ》らせながらゆっくり外に出て、彼を待っていた銃器係の一人にスワヒリ語で一言二言話しかけた。マカンバーと妻はテーブルに坐っていた。彼は自分のコーヒーカップをじっと見ていた。

「騒動を起こしたら、あなたと別れますよ」とマーゴーは静かに言った。

「別れられるもんか」

「じゃ試してみるといいわ」

「君は僕と別れはしない」

「そうね」と彼女は言った。「別れませんから、行儀よくしてください」

「行儀よくだと？　何たる言い草だ。行儀よくしなさいだと」

「そうです。行儀よくなさい」

「君のほうこそ行儀よくしたらどうだ」

「もう随分長い間そう努力してきたわ。本当に長い間ね」

「あの赤顔の色狂いは大嫌いだ」とマカンバーは言った。「あいつの顔を見るのは我慢ならない」

「あの人は本当にとってもすてきよ」

「うるさい、黙れ」マカンバーの声は絶叫に近かった。ちょうどそのとき車がやってきて食事用テントの前に止まり、運転手と銃器係が出てきた。ウイルソンが近づいてきて、そのテーブルに坐っている夫と妻を見た。

「狩りに行くんですか？」と彼は訊いた。

「ええ」マカンバーは立ち上がりながら言った。「行きますよ」

「ウールのプルオーバーかなんか持ってきたほうがいい。車の中は冷える」とウイルソンは言った。

「私、革のジャケットを持ってきますわ」とマーゴーは言った。

「それはあの子が持っている」とウイルソンが彼女に教えた。彼は運転手と一緒に前部座席に乗り込み、フランシス・マカンバーと彼の妻は、口をきかないまま、後部座席に坐った。あの馬鹿が後ろから俺の頭を撃つなんて考えを起こさないでくれよとウイルソンはひそかに祈った。女がサファリにいるとロクなことはない。

車はガタガタ音を立てながら薄暗い夜明けの光の中、小石の多い浅瀬を選んで川を越え、それから急な土手を、前の日にウイルソンが道をショベルで作らせていた所を車体を傾けながら登り、遠く反対側の樹林が広くうねるように開けた一帯に到着した。

気持ちのいい朝だ、とウイルソンは思った。露がたっぷり降りており、車輪が低い潅木の中を通り草むらを踏みしだくと、潰された草の葉の匂いが鼻を刺した。それはクマツヅラのような匂いだったが、車が人跡未踏の林間の広い空き地を進むなかで、この早朝の露の匂いを嗅ぎ、踏み潰されたワラビと早朝の靄《もや》の中に黒く見える樹木の幹の姿を見るのが好きだった。彼は後部座席の二人のことはすでに念頭になくスイギュウのことを考えていた。彼が追っているスイギュウは昼間は深い沼地にいるのでそこで狙い射ちするのは不可能だったが、夜になると開けた平野に出て餌を食べるので、彼が車で沼地と彼らの間に突入すればマカンバーが開けた場所で彼らを狙うチャンスは十分ある。彼はマカンバーにぴったりくっついて援護しながらスイギュウを撃つのはまったく厭《いや》だった。スイギュウであれ何であれマカンバーと一緒に撃つのはまったく厭だったが、彼は狩猟で身を立てている男だったし、今までにも珍しい人間の何人かと狩猟したことがあった。あいつが今日スイギュウを仕留めれば、あとはサイしか残っていない、あいつが危険な動物の狩猟を首尾よく切り抜ければ、事態は好転するかもしれない。俺はもうあの女とは一切関わり合いはもたないし、マカンバーもあのことは乗り越えるだろう。いろんな事から判断するとあいつは今までにもこの種の煮え湯をたっぷり飲まされたに違いない。哀れな奴だ。しかしそれを乗りきる方法を身につけているはずだ。ま、かわいそうだがこれはあいつが悪いんだ

彼、ロバート・ウイルソンは、万一棚ぼたに恵まれた場合に備えサファリにダブル・サイズの簡易ベッドを持ち運んでいた。彼はかつて国際的な、享楽的で冒険好きな連中を顧客として狩猟したことがあったが、女たちはこの白人の狩猟家とその簡易ベッドを共有しなければ使った金の元が取れないと思っていた。彼はそんな女の何人かはそのときは十分気に入ったが、別れると彼らを軽蔑した。しかし彼は彼らのおかげで食っているのだし、彼らが彼を雇っている以上彼らの道徳的規範は彼の規範でもあった。

それは狩猟を除いて大体において彼の規範だった。殺しに関しては彼は独自の規範を持っており、客はそれに従うかいやなら誰か他の者を見つけて獲物を撃つしかなかった。彼らはこれに関しては彼を尊敬していることを彼も知っていた。しかし、あのマカンバーは変わった奴だからな。まったく変わった野郎だ。さて女房か。うん、女房ね。そう、女房だ。ふむ、女房か。しかし、彼はその件をこれ以上考えることをやめた。彼は振り返って彼らを見た。

マカンバーは険しい顔で怒りが収まっていなかった。マーゴーは彼を見るとニッコリした。彼女は今日は大分若返っており、より無邪気で生き生きしていたが、商売になるほどには美しくなかった。どんな気でいるのかわからんな、とウイルソンは考えた。昨晩彼女はあまり話をしなかった。それはそれとして、彼女と会えたのは嬉しかった。

自動車はわずかな登り傾斜を上がり、樹木の中を通り、その後プレリーのような開けた草原に出たが、運転手はその端沿いに立っている樹木を日陰にしながらゆっくり進みウイルソンはプレリーの向こうの一番端まで注意深く目を凝らしていた。彼は車を停車させ、双眼鏡で開けた草原を念入りに調べた。それから彼が運転手に発車するよう合図をすると運転手はイボイノシシの穴を避け蟻塚を迂回しながらゆっくり進んだ。そして、草原を見渡しながら、ウイルソンが突然振り向いて叫んだ。

「しめた、あそこにいる!」

車が勢いよく前進し、ウイルソンが運転手に早口のスワヒリ語で話しかけるなか、彼が指差した方向を見ると、三頭のでかい黒い四足獣が、さながら黒い巨大なタンク車のように、長くて重量感のある姿をほとんど円柱形に見せて、開けたプレリーの遠方の端を全速力で疾駆しているのがマカンバーにも見えた。彼らは首とからだをこわばらせて全速力で移動した。彼らは一目散に疾走しているがその頭に上向きに伸びた幅広の黒い角があるのをマカンバーは見た。頭は動いていなかった。

「年取った雄牛が三頭だ」とウイルソンが言った。「やつらが沼地に到着する前に遮ろう」

車は遮二無二時速四十五マイルで草原を走っていたが、マカンバーが見ていると、スイギュウは近づくにつれだんだんと大きくなり、ついに、灰色で毛がなくかさぶたができた巨大な一頭の顔つきが見えてきた。そいつは、三頭があの飛び込むような安定した足並みを見せながら縦の列を作っているなかで、少し他の二頭より遅れて、全速力で駆けているのも見ることができた。そいつの首は両肩と黒光りする角の中に組み込まれている一部分であるかのようだった。そしてそのとき車が道路を踏み外したかのようにハンドルを切ったので、車はぐっと彼らの近くに迫り、彼の目の前に、飛び跳ねるスイギュウの巨大さ、毛がまばらな皮にたまった土埃、角の突起の広さ、そして鼻穴が伸びきって広がった状態を見ることができ、彼がライフルを構えようとしたときウイルソンが怒鳴った、「車からじゃダメだ、この馬鹿者」、彼に恐れはなかった、ただウイルソンに対する憎しみのみを感じた、その間ブレーキが踏まれ、車がスリップし、横滑りしてほとんど止まった、ウイルソンは片側に降り、マカンバーはもう一方から降りたが、まだ速いスピードで動いている地上に足をつけたのでよろめきながらも、彼は逃げて行くスイギュウ目がけて撃った。弾がヤツの中にブスブスあたる音を聞きながら、彼はなおも逃げるスイギュウにライフルが空になるまで打ちまくったが、最後にヤツの肩に命中させねばならないことを思い出し、もたつきながらも弾を込め直しにかかると、ヤツが倒れていくのが見えた。膝をつき、でかい頭を持ち上げて、後の二頭がまだ全速力で逃げているのを見て、彼は先頭の牛を撃ったらそれが当たった。彼が二度目に発射したのは当て損なったが、ウイルソンが撃った弾の轟音がドッパーンと響いたので見ると先頭の牛は鼻から先に崩れ落ちるのが見えた。

「残りのあいつをやれ」とウイルソンが言った。「その撃ち方でいいぞ」

しかし残りの一頭は緩むことなく目いっぱいの速度で走っていたので、彼は的を外した。土埃が吹き上がり、ウイルソンも外し、土砂の噴煙が舞い上がったときウイルソンが「だめだ、奴は離れすぎた」と叫びながら彼の腕を掴んだ、彼らは再び車に乗り、マカンバーとウイルソンは車の両側にしがみつき、デコボコの地面を右に左に揺れながら、緩まず跳んでまっすぐ全速力で前進する極太首のスイギュウを追いかけた。

彼らがそいつのすぐあとに迫ったときマカンバーはライフルに弾を充塡しようとして手元が狂って薬莢を地面に落としたが、また詰め直すと、たちまち彼らは猛牛とほとんど肩を並べるまで近づいていたので、ウイルソンが「止まれ」と叫ぶと、車は横滑りし横転しそうになって、マカンバーは投げ出されたが膝をつき、遊底を手荒く前にスライドさせ、ぎりぎり狙える遠距離だったが全速力で駆け抜けている黒く丸い背中に向けて撃ち込んだ。狙いをつけてまた発射し、さらに発射し、さらにまた発射し、全部当たったが目視する限りスイギュウには打撃を与えていなかった。そのときウイルソンが彼の耳をつんざくような轟音で発射すると猛牛が前のめりになるのが見えた。マカンバーは再度慎重に狙いを付けて撃つと、スイギュウは膝ごと崩れ落ちた。

「よっしゃ」とウイルソンが言った。「上首尾だ。これで三頭だ」

マカンバーは酔ったような高揚感を感じた。

「何発撃ったんですか?」と彼は訊いた。

「三発だ」とウイルソンは言った。「最初の牛は君が仕留めた。あの一番でかいヤツだ。二頭目は君が仕留めるのを手助けした。茂みに逃げられるかと心配した。奴らを仕留めたのは君だ。俺は仕上げをちょっと手伝っただけだ。君はすげえ腕だったな」

「車に戻ろう」とマカンバーが言った。「飲み物が欲しい」

「さきにあのスイギュウの息の根を止めねばならん」とウイルソンが言った。そのスイギュウは膝をついたまま怒り狂って頭をぴくぴくさせ、彼らが近づくと豚のような目をして強烈な怒りの唸り声をあげた。

「起き上がらないように注意しとけ」とウイルソンが言った。そして、「ちょっと側面に回って、ちょうど耳の後ろの首を狙え」

マカンバーは、巨大な、上下に動く、怒り狂った首の中心を注意深く狙い撃った。その一撃で頭が前に落ちた。

「それで完了だ」とウイルソンが言った。「背骨に当たった。何て見ごたえのあるやつらじゃないか、え?」

「何か飲もう」とマカンバーが言った。彼は今までの人生でこんなに気分がいいことはなかった。

車ではマカンバーの妻が顔面を蒼白にして坐っていた。「あなたとても素敵だった」と彼女はマカンバーに言った。「素晴らしい車中ショーだった」

「残酷だったかな?」ウイルソンが訊いた。

「怖かった。今までこんなに怖かったことはなかった」

「みんなで乾杯しよう」とマカンバーが言った。

「ぜひとも」とウイルソンが言った。「それを奥方に上げてくれ」彼女は懐中ビンから直接ストレートのウイスキーを口に含み、飲み込んだときちょっと身震いした。彼女はビンをマカンバーに渡すと、彼はそれを次にウイルソンに渡した。

「怖かったけど興奮した」と彼女は言った。「ひどい頭痛がした。でも、車から彼らを撃つのが許されているとは知らなかったわ」

「誰も車中からは撃っていない」とウイルソンは冷たく言った。

「車で追跡したことを言っているの」

「普通はやらないが、」とウイルソンは言った。「やっている間はフェアプレーだと思えたけどね。この平原は穴だらけだし次から次に何が出てくるかわからないところを車で追いかけるのは足で狩猟するより危険が多かった。スイギュウはその気になれば撃たれるたびに我々に突撃することもできた。やつに十分そのチャンスは与えた。ま、しかし、このことは誰にも話さん。あんたの質問の意味が非合法かといえばそうだ」

「逃げ場のないあの大きな動物を車で追跡するなんて、私にはとても不公平に思えた」とマーゴーは言った。

「そうですか？」

「ナイロビでこのことが知れたらどうなります？」

「まず、私は免許を失う。他にいろいろ不愉快なことがある」ウイルソンはウイスキービンからひと口飲みながら言った。「俺は仕事ができなくなる」

「本当に？」

「ああ、本当だ」

「ほほう」とマカンバーが言って、今日初めて笑顔を見せた。

「彼女に一本握られましたな」

「あなたってなんともおもしろい表現をするのね、フランシス」とマーゴーが言った。ウイルソンは彼ら二人を見た。ホモ野郎があばずれ女と結婚すれば、奴らの子供はどんな人間になるのかな、とウイルソンは考えていた。「銃器係が一人いなくなった。気づいていたか？」

「なんてことだ、知らなかった」とマカンバーは答えた。

「おお奴が帰ってきた」とウイルソンが言った。「奴は大丈夫だ。最初の牛を倒したとき車から落ちたんだろう」

彼らに近づいてきたのは中年の銃器係で、ニット編みの帽子を被り、カーキ色のチュニックを羽織り、半ズボンにゴムのサンダルを履いてびっこを引いていたが、沈鬱な顔をしてうんざりした様子だった。近くに寄ってきながらウイルソンにスワヒリ語で話しかけた。白人狩猟家の顔が一瞬変化するのをみんな見た。

「なんて言っているんですか?」

「最初の牛が立ち上がって藪の中に逃げたと言っている」ウイルソンは声にどんな感情もこめず言った。

「へえ」とマカンバーはぽかんとしていた。

「じゃまたあのライオンみたいになるのね」期待に胸膨らませてマーゴーは言った。

「あのきちがいライオンみたいなことにはならない」とウイルソンはぴしゃりと彼女に言った。「もう一口飲みたかったのか、マカンバー?」

「やあ有難う」とマカンバーは言った。ライオンのときに感じたあの気持ちが蘇るかと思ったが、それはなかった。生まれて初めて本当に彼はまったく恐怖を感じなかった。恐怖どころか確実に気持ちが高ぶるのを感じた。

「元へ戻って二頭目の牛を調べよう」とウイルソンが言った。「車を木陰に入れろと運転手に言う」

「これからどうするつもりですか?」とマーガレット・マカンバーが訊いた。

「あのスイギュウを見に行く」とウイルソンが言った。

「私も行くわ」

「いらっしゃい」

彼ら三人は、二番目のスイギュウが、頭を草むらの上に押し付け、太く立派な角を大きく広げたまま怒ったように黒い巨体を横たえている空き地に歩いて行った。

「すごく立派な枝角だ」とウイルソンが言った。「幅が五十インチ近い」

マカンバーは嬉しそうにスイギュウを見ていた。

「憎しみに満ちた表情ね」とマーゴーが言った。「木陰に入りませんか?」

「もちろん」とウイルソンが言った。「ちょっと」と彼はマカンバーに言って、指さした。

「藪のあのこんもりしたところがあるだろう」

「ええ」

「あそこに最初のスイギュウは逃げ込んだんだ。銃器係が言うには、奴が車から落ちたときスイギュウは倒れていた。奴は俺たちが猛然と駆け出し、残りの二頭が全速力で逃げるのを見ていた。奴が目を上げると、スイギュウが起き上がって奴を見ていたらしい。それで奴は死にものぐるいで走ったら、スイギュウはゆっくり藪の中に消えていったそうだ」

「いますぐ突入してスイギュウを探せませんか?」とマカンバーはやる気十分に訊いた。

ウイルソンは、気は確かかと疑うように彼を見た。まったく変わった奴だ、こいつは、と彼は思った。昨日は腰を抜かすぐらい怖がっていたのに、今日は血気盛んな無鉄砲者だ。

「いや、しばらく時間をあけよう」

「お願い、木陰に入りましょうよ」とマーゴーが言った。彼女の顔は青く気分が悪そうだった。

彼らは枝が張った一本の木の下に駐車している車まで退却し、全員車に乗った。

「スイギュウはあるいはあそこで死んでいるかもしれない」とウイルソンが言った。「しばらくしたら見に行こう」

マカンバーは、今まで経験したことがない奔放で訳のわからない幸せを感じた。

「いやーまったく、すごい追跡だった」と彼は言った。「僕は今までこんな感じになったことがない。素晴らしかっただろ、マーゴー?」

「私は嫌だった」

「なんでだ?」

「私は嫌だった」と彼女は吐き捨てるように言った。「むかつくほど嫌だった」

「いいですか、私はもう何がきても絶対怖くないと思いますよ」とマカンバーはウイルソンに言った。「最初にあのスイギュウを見て追いかけたとき、僕の中の何かが変わった。ダムが崩壊したような感じですね。それは純粋な興奮でした」

「肝《はら》が据わったんだ」とウイルソンが言った。「人間、まったくおかしなことが起きる」

マカンバーの顔は輝いていた。「間違いなく、僕に何かが起こった」と彼は言った。「今はまったく別人の感じです」

彼の妻は何も言わず彼を奇妙な眼差しで見つめた。彼女は座席のずっと後ろに坐っており、マカンバーは前に坐ってウイルソンに話しかけていたので、ウイルソンは顔を横にひねり前部座席の背中越しに話していた。

「いやあ、ライオンをもう一頭やりたい気分だ」とマカンバーは言った。「今はもうやつらなんかぜんぜん怖くない。考えてみれば、ライオンに何ができるというのだ？」

「そのとおり」とウイルソンが言った。「最悪の場合殺されるだけだ。ええと何と言ったかな、シェイクスピアだ。名文句がある。思い出してみよう。いやあれはいい。昔はよく引用したんだが。ええと。〝誓って言うがどっちでもいい、人間は一度しか死ねない。死は神からの借り物だ、それがどっちに転ぼうが構わない、今年死ぬ人間は来年は死ななくてすむ〟畜生　何て名文句だ、な？」

彼はこれまでの人生の指針としてきたことを喋ってしまって、とても気恥ずかしかったが、以前にも男たちが一人前に成長するのを見ており、それはいつも感動的だった。それは二十一歳の誕生日を迎える話ではなかった。

マカンバーに関してこの成長を引き出すには、直前に何ら心配する機会がないまま突然行動に突進することが必要でそれは狩猟中に起きた奇妙な偶然だったが、どんな形で実現したにせよ間違いなく現実に起きたのだ。今のあいつがいい例だ、とウイルソンは考えた。つまりだ、男にはいつまでも子どものままなのがいる、とウイルソンは考えた。ときには一生子どものままなのもいる。そんな奴らの姿は五十になっても子どもっぽい。偉大なアメリカの子ども大人だ。まったく変わった連中だ。しかし、彼は今マカンバーが好きになった。まったく変わった男だ。恐らくこれで妻に不義をされることもなくなるだろう。そうだ、まったくめでたい話だ。めちゃくちゃめでたい話だ。あいつは今までたぶんずっと怖かったんだ。何が原因でそうなったかは知らん。だがやっと終わった。あのスイギュウには怖がる暇がなかった。それと怒る暇もなかった。自動車もだ。自動車のためそれは経験済みのことに思えた。今じゃとんでもない血気の無鉄砲者だ。ウイルソンは戦時軍役で同じ変化が起きるのを見たことがあった。童貞の喪失よりもっと大きな変化だ。恐怖が手術で摘出されたみたいになくなった。その代わりに何か他の物が芽生えた。男に必要な大事なものだ。それで奴は男になった。女たちにもそれはわかった。恐怖心なんかすっ飛んだ。

車の後部座席の遠くからマーガレット・マカンバーは二人の男を見ていた。ウイルソンには何の変化もなかった。彼女に映ったウイルソンは、前日彼の才能の偉大さに初めて気づいたとき目にした彼と同じだった。しかし今のフランシス・マカンバーには明らかに変化があった。

「今から向き合おうとしていることにあの満足感をいつも感じているのですか?」と、マカンバーは新しく得た資産をまださぐりながら訊いた。

「そんなことは口にしないほうがいい」と相手の顔を覗き込みながらウイルソンが言った。「びくびくしていると言うほうがずっと格好いい。いいかい、これから何回となく君もびくつくことがある」

「だけど次に取る行動に絶対満足感を味わっているはずですよ?」

「うん」とウイルソンは答えた。「それはある。こんなことはべらべら喋り過ぎないほうがいい。みんなさらりと流すんだ。何にせよ話しすぎると味わいがなくなる」

「二人ともくだらん話をしている」とマーゴーが言った。「逃げ場のない動物を車で追いかけただけなのに英雄のような口ぶりね」

「悪かった」とウイルソンが言った。「つまらない話をしすぎた」彼女はすでにそのことを気にしている、とウイルソンは考えた。

「僕らの話のことがわからなければ、口出ししないでおくれ」とマカンバーは妻に言った。

「あなた、とっても勇ましくなったのね、とっても突然に」と彼の妻は軽蔑した口調で言ったが、彼女の軽蔑はゆるぎなく確実なものではなかった。彼女は何かをとても恐れていた。

マカンバーは、極めて自然に心から声を出して笑った。

「だろう? そうなんだ」と彼は言った。「本当にそうなんだ」

「ちょっと遅いんじゃない?」とマーゴーは苦々しく言った。彼女は過去何年もの間できるだけのことはしたのだから、今現在の彼ら二人の関係はどっちか一人が悪いのでもなかった。

「遅いってことはない」とマカンバーは言った。マーゴーは何も言わず、座席の隅に深く坐り直した。

「やつに十分時間を与えたと思いませんか?」とマカンバーは陽気にウイルソンに訊いた。

「調べに行ってみるか」とウイルソンは言った。「弾は残っているか?」

「銃器係のところにいくらか残っています」

ウイルソンがスワヒリ語で呼びかけると、一頭の頭皮を剥いでいた年長の銃器係が背筋を伸ばして立ち上がり、ポケットから弾箱を取り出し、マカンバーのところに持ってきて差し出した。マカンバーは弾倉に弾を込め残りの薬莢を自分のポケットに仕舞った。

「君は小銃のスプリングフィールドで撃ってもいいかもしれない」とウイルソンが言った。「君はそっちのほうが慣れている。マンリッヘル銃（訳注：スプリングフィールド銃より弾丸径は大きく、全長は長くて重い）は奥方に持たせ車に残しておこう。君の重い銃は銃器係に運ばせよう。俺はこのでかい銃を持っていく。ではちょっとやつらのことを話しておく」彼はマカンバーに心配させたくなかったのでこの話をぎりぎりまで遅らせていた。「スイギュウが出てくるときは頭を上げて突進してくる。脳をめがけて撃つと角の突起で防衛される。唯一効果のある撃ち方はまっすぐ鼻に向けてだ。もう一ついいのは胸か、側面からの場合は首か肩だ。一度弾を受けているから殺すのはめちゃくちゃ苦労する。突飛なことをやろうとするな。考えられる一番簡単な仕留め方をやれ。さて連中があの頭の皮剥を終わった。出かけますかな?」

彼が銃器係たちに声をかけると、彼らは手を拭きながら駆けつけ、年長の銃器係が後ろに乗り込んだ。

「コンゴミだけを連れて行く」とウイルソンが言った。「もう一人は残して鳥が近づかないように見張らせる」

車が、未開発地をゆっくり通り、平原の低湿地を横切っている干からびた川筋に沿って葉っぱの多い低木が茂っている地帯に向かって進むと、マカンバーは心臓が高鳴り口がまた乾いてきたが、それは興奮のためで恐怖のためではなかった。

「ここがやつが入った場所だ」とウイルソンは言った。それからスワヒリ語で銃器係に「血痕の後を追え」と言った。

車は低木の茂みに並行して止まった。マカンバー、ウイルソン、それに銃器係が降りた。マカンバーが後ろを振り返るとライフルをもった妻が目に入った。彼女は彼をみていた。彼は彼女に手を振ったが彼女は手を振り返さなかった。

低潅木地帯はすごく密生しており地面は乾燥していた。中年の銃器係はひどく汗をかいており、ウイルソンは帽子を目深にかぶり、彼の赤い首はマカンバーのすぐ前に見えていた。突然銃器係がスワヒリ語でウイルソンに何か言って前に走り出した。

「やつはあそこで死んでいる」とウイルソンが言った。「見事だった」、と言って彼は後ろを振り返りマカンバーの手を握り、彼らが互いににんまり笑いながら握手をしていると、銃器係が茂みから横の方向に絶叫しながら出てくるのを彼らは見た。同時にスイギュウが血を流しながら、鼻穴を開き、口を固く結んで、巨大な頭をまっすぐ持ち上げ、豚のような小さな目で彼らを見ながら突進してくるのが見えた。先に立っていたウイルソンは撃ちながらひざまずき、マカンバーは撃ったもののウイルソンの銃の爆音で自分の射撃の音が聞こえなかったが、角の巨大な突起からスレートのような粉塵が飛び散るのが見え、その頭が震えたので、彼は大きく開いた鼻の穴に向けてもう一発放ったら、角が再度揺れ破片が飛ぶのが見えた、しかしそのときはウイルソンが見えなかったので、彼は、鼻穴を開いて突進してくるスイギュウの頭が彼の体とライフルのすぐそばまで来て危うくスイギュウの巨体に潰されそうになった。注意深く狙いをつけ再度撃つと、ヤツの邪悪な小さな目を見ることができたが、ヤツの頭が下に落ち始めたとき、彼は突然頭の中に焼けるような目がくらむ閃光が爆発するのを感じた。それが彼が最後に感じた全てだった。

そのときウイルソンは肩に一発食らわせるため脇に身をかわしていた。マカンバーは直立して鼻に向けて撃っていた。しかし弾はいずれもわずかに高く外れ、重量級の角に命中すると、スレートの屋根を撃ったときのように角は細かく砕かれ粉塵が舞った、車に乗っていたマカンバー夫人は、スイギュウがマカンバーを今にも角で突き飛ばすように思われたので6・5ミリマンリッヘル銃でスイギュウ目がけて射撃し、そして彼女の夫の頭蓋骨の基部の約二インチ上でわずかに側面にそれた部分を撃っていた。

フランシス・マカンバーは今、スイギュウが片腹を下に倒れているところから二ヤードも離れていない地点にうつ伏せに倒れていた。彼の妻はそばにひざまずき、ウイルソンが彼女のそばにいた。

「彼を仰向けにしないほうがいい」とウイルソンが言った。

女はヒステリックに泣いていた。

「俺は車に戻ってみる」とウイルソンが言った。「ライフルはどこだ?」

彼女は顔をゆがめて首を振った。銃器係がライフルをつまみ上げた。

「そのままにしておけ」とウイルソンが言った。「アブドゥラを呼んで来い。事件の現場を証言させる」

彼は膝を折って、ポケットからハンカチを取り出し、倒れたままのフランシス・マカンバーの角刈りの頭にかぶせた。乾いて緩んだ大地に血が沈み込んでいた。

ウイルソンは立ち上がって、横向きになって脚を投げ出し、ダニが這っている毛の薄い腹を見せているスイギュウに目をやった。「すげえ牛だ」。彼の脳が自動的に計算した。「たっぷり五十インチかそれ以上はある。それ以上だ」彼は運転手に声をかけ、牛の死体に毛布をかけるように命じた。それから、彼は車に戻ったが、女は隅のほうに坐って泣いていた。

「なかなかのお手並みだった」と彼は平板な口調で言った。「彼もあんたを離婚しただろうからね」

「やめて」と彼女が言った。

「もちろんこれは事故だ」と彼は言った。「俺は知っている」

「やめて」と彼女は言った。

「心配しなさんな」と彼は言った。「多少不愉快なことはあるだろうが、取り調べのときにすごく役に立つ写真を何枚か取らせよう。銃器係の証言があるし、運転手も証言する。あんたは百パーセント大丈夫だ」

「やめて」と彼女は言った。

「いろいろやることがわんさとある」と彼は言った。「まず、トラックを湖まで走らせて無線で飛行機を頼み三人をナイロビに運んでもらう。どうして毒殺しなかったのだ？　イギリスではそうやるもんだ」

「やめて。やめて。やめて」と女は叫んだ。

ウイルソンはいつもの感情のなさそうな青い目で彼女を見た。

「もう何も言わない」と彼は言った。「少し腹がたっていた。旦那を好きになったばかりだったから」

「お願い、やめてちょうだい」と彼女は言った。「お願いだからやめてちょうだい」

「そう言うほうがいいな」とウイルソンは言った。「お願い、と言うほうがずっといい。これでやめますよ」

エミリーに一輪のバラを

1930

ウイリアム・フォークナー

作品について　「エミリーに一輪のバラを」（*A Rose for Emily*）は、全国的な雑誌『フォーラム』の一九三〇年四月三十日号に初めて掲載された。舞台はフォークナーが生活しているミシシッピ州内に彼が創造した架空の町ヨクナパトーファ郡ジェファソンとなっている。タイトルに使われたバラは作品には一度も出てこないが、フォークナーは執筆後に、エミリーという女性の悲劇についてはどうすることもできない、私はこの女性を哀れみ、挨拶の意味でバラの花一輪を手向けたくなった、と説明している。

フォークナーの初期の作品で最初の短篇小説。時間軸を随時交錯させながら語られるので読者はその変化に注意を払う必要がある。従来の訳書は、「エミリーに薔薇を」またはと「エミリーにバラを」となっているが、原題のバラは roses ではなく a rose であり、この意味を忠実に訳すなら「エミリーに一輪のバラを」であろう。英語でも日本語でも単に死者に捧げるバラと言えば、一本ではなくむしろ何本かの束であると想像することのほうが多いのではないだろうか。フォークナーの気持ちとしては、エミリーの生き方に敬意を払っているわけではなく従って深い弔意を表すわけではないが哀れみの気持ちを禁じえないため一本のバラにしたのではないか、というのが訳者の解釈である。

作者について　ウイリアム・フォークナー（William Faulkner）は小説家。一八九七年九月二十五日ミシシッピ州ニューオールバニに生まれ、一九六二年七月六日同州バイハリアにて六十四歳で没した。五歳で生誕地の近くのオックスフォードに移住し、以後生涯のほとんどをそこで過ごした。彼は十歳の頃から詩作を始めたが、学校での勉強には興味が持てず、高等教育は満足に終了していない。高校は一年で退学、後に特別学生として入学したミシシッピ大学も一年で退学した。

最初の長篇小説『兵士の報酬』を一九二四年に発表し、一九二九年には傑作『響きと怒り』を発表したが、一部の批評家から賞讃を受けたのみで、ほとんど売れなかった。一九四六年に編まれた一巻本の選集『ポータブル・フォークナー』によって、フォークナーが急激に注目され、絶版になっていた著書が次々に復刊した。深南部（Deep South）の土俗的・因習的な生活を「意識の流れ」を初めとするさまざまな実験的な手法で描いた作品が多い。ロスト・ジェネレーションの一人で、ヘミングウェイと並び称される二〇世紀アメリカ文学の巨匠。

代表作は、『響きと怒り』（一九二九年）、『サンクチュアリ』（一九三一年）、『八月の光』（一九三二年）、『アブサロム、アブサロム』（一九三六年）など。一九四九年ノーベル文学賞を受賞。

I

ミス・エミリー・グリアソンが亡くなったとき、私たちの町はこぞって彼女の葬儀に出かけました。男たちは倒れた記念碑に対する一種の敬意と愛着の気持ちから、女たちはほとんど彼女の家の中を見たい好奇心から――というのは過去少なくとも十年はそこを覗いたものは、庭仕事と料理の仕事を兼任していた老いた男の召使しかいなかったのですから――でした。

そこは角張った大きな木造家屋で、かつては白色で、（一八）七〇年代のひどく華やかな様式で、屋上にドーム状の小塔と尖塔があり渦巻き型のバルコニーなどで装飾され、わが町の最高に選り抜きだった街路に面していました。しかし、車庫と綿繰り機がそこを侵食し、その近隣一帯の由緒ある名前さえ忘れさせてしまいましたが、ただミス・エミリーの家だけが目障りの間に立つ一つの目障りとして残り、その頑固でなまめかしい腐朽が進む中、綿花用荷馬車とガソリンポンプを超然として見下ろしていました。そして今やミス・エミリーは、ジェファーソンの戦い（訳注：ジェファーソンはミシシッピ州の架空の地名で、フォークナーが生涯の長年を過ごした同州のオックスフォードをモデルにしたと言われている。従ってこの名前の戦いも架空）で倒れた北軍と南部連合国の兵士と無名戦死者の墓に混じって、ヒマラヤ杉に困惑した墓地に眠るかつての由緒ある家柄の名前の代表者たちの仲間になったのでした。

ミス・エミリーは、一八九四年に当時町長だったサートリス大佐（彼は、黒人女性はエプロンをかけることなしに街を歩いてはならないという条例の発案者でした）が、彼女の父が死んだ日から永久に続くとした免税特例措置により彼女の税金を免除し、それはこの町にとって代々受け継がれてきた一種の責務でしたので、彼女は、生きている間、一つの伝統であり、一つの義務であり、一つの保護対象でした。ミス・エミリーの父がこの町に融資をしたことがあり、町としてはこれを事業の懸案事項として扱いこのような形で返済することを選択する、という趣旨のややこしい話をサートリス大佐が作り上げました。こんな話を作り出せたのはサートリス大佐の時代の彼のような考え方の人間だけでしょうし、それを信じたのは一人の女しかいなかったでしょう。

世代が変わり、もっと現代的な発想を持った市長や市会議員が出てきますと、このような措置に少なからず不満の声があがりました。その年の一月に彼らは彼女に納税告知書を郵送しました。二月が来ましたが何も返事がありませんでした。彼らは正式な書状を送り、都合がつきしだい郡保安官（訳注：郡の最高官吏で、裁判所の令状の執行権と警察権を持っている）のもとに出頭するよう要請しました。一週間後、市長は自ら手紙を書き、自分が訪問するか、さもなくば彼女のため車を差し向けても良いと提案しましたが、市長が受け取った返事は、古風な紙片に薄いインクで小さな流れるような書体で書かれた文章で、その趣旨は、自分は現在まったく外出していないということだけでした。そして、何の断り書きもなく、納税告知書が同封されていました。

彼らは、市議会議員の特別会議を招集しました。代表団が彼女の家を訪問し、彼女が八年か十年前に陶磁器の絵付けのレッスンを辞めて以来訪問客が通り抜けたことがなかったドアをノックしました。年取った黒人が彼らを薄暗い玄関の間に通しますと、そこから階段がさらに暗い二階に上がっていました。玄関の間は埃と長く人が踏み込んでいなかった匂いがしました——密閉された湿った匂いでした。黒人は彼らを客間に案内しました。そこには重厚な革カバーがかかった家具がありました。黒人が一つの窓のブラインドを開けますと、そのカバーの革に亀裂が走っているのが見て取れました。彼らが腰を下ろしますと、かすかな埃が彼らの太ももあたりに緩やかに舞い上がり、一筋の光線のなかでチリの微片が舞いました。暖炉の前に据えられた光沢を失った金箔の画架には、クレヨンで描いたミス・エミリーの父の肖像画がありました。

彼女が入ってきたとき彼らは立ち上がりました。彼女は、黒い衣服を着た小さな太った女で、首から下げた細い金のチェーンは腰まで下がりベルトの中に消えており、頭部に色あせた金をあしらったエボニーの杖に寄りかかっていました。体の骨格は小さくて貧弱でした。たぶんそのためでしょうが、他の人間ならただの肉付きの良さと思えたものが彼女の場合は肥満に見えました。彼女は、あたかも澱《よど》んだ水中に永い間浸っていた、しかもあの青白い色相を帯びた体みたいに、膨れ上がっていました。目は、脂肪が隆起した顔の部分に埋もれており、要件を述べる訪問客の顔から顔に移動するとき、小さなふた粒の石炭を押しつぶした練り粉の塊のように見えました。

彼女は彼らにおかけなさいとも言いませんでした。彼女はただドアの敷居に立ったまま、代表者がとちって話を終えるまでじっと聞いていました。そのとき金のチェーンの端で彼らには目に見えない時計がカチカチ鳴っているのが聞こえました。

彼女の声はしゃがれていて冷たかった。「私にはジェファーソンの税金はかかりません。サートリス大佐が私にそう説明してくれました。どなたか市の書類を調べたら納得されるでしょう」

「しかし調べた結果です。私どもは市当局の者です、ミス・エミリー。郡保安官が署名した通知書を保安官から受け取られませんでしたか?」

「ええ、紙片は受け取りました」とミス・エミリーは言いました。「おそらくあの人は郡保安官と自称しているのでしょうけど……私にはジェファーソンの税金はかかりません」

「しかし、それを示す帳簿は何もないのですがね。私どもとしてはかくなる上は――」

「サートリス大佐にお会いなさい。私にはジェファーソンの税金はかかりません」
「しかし、ミス・エミリー」
「サートリス大佐にお会いなさい」（サートリス大佐はほぼ十年前に死去していました）
「私にはジェファーソンの税金はかかりません。トーベ！」黒人が現れました。「この方々を玄関に案内しなさい」

II

このようにして、彼女は彼らを、いわば人馬もろとも、ひとり残らず撃退しました。ちょうど三十年前匂いの件で訪れた彼らの父たちを撃退しましたように。それは彼女の父が亡くなって二年後、そして彼女の恋人——彼女と結婚すると私たちが信じた男——が彼女を捨ててまもなくのことでした。父の死後彼女はめったに外出しませんでした。恋人が去ったあとは彼女を見た人はほとんどいませんでした。大胆にもご婦人の何人かが訪問しましたが家に入れてもらえなくて、その家に人がいる気配があるのは黒人の男——そのときは若かった——が買い物かごをもって出入りするときだけでした。

「男が——どんな男でも——一人で台所をきちんと管理できるわけがないでしょう」と御婦人方は言い合いました。だから悪臭が出始めたとき彼らは驚きませんでした。それが、野暮で人がうようよいる世界と高貴で誇り高いグリアソン家を結ぶもう一つの話題でした。エミリーの隣人の女が八十歳の市長、スティーブンズ判事に悪臭の苦情を言いました。

「だが、私にどうしろとおっしゃるのですかな、奥さん」と彼は言いました。

「だから、悪臭を出すなと命令してください」と女は言いました。「法律はないのですか？」

「その必要はないでしょう」とスティーブンズ判事は言いました。「たぶんあのクロンボが庭で殺した蛇かネズミです。私があの男に話しておきましょう」

次の日判事にあと二つ苦情が届きました。一つはおずおずと不満を述べる男からでした。「判事さん、これはなんとか手を打たねばなりません。私はミス・エミリーを困らせようなどとは毛頭思っていませんが、何か手を打たねばなりません」その夜、市議会が会合を開きました——半白の年寄り三名と次代を担う若手議員が一人。

「簡単なことだ」と若手は言いました。「家を徹底的に清掃しなさいと命令をすればいい。そのためにある程度の時間を与え、もし従わなければ……」

「バカを言うでない」とスティーブンズ判事は言いました。「淑女に向かって何か変な匂いがしますぞと責めろと言うのか？」

そこで次の日の晩、真夜中過ぎに、四人の男がミス・エミリーの芝生を越え、盗人《ぬすっと》のように家の周りをこっそり歩き、れんが作りの土台の礎盤沿いを嗅ぎ回り、地下貯蔵庫の明かり取りに鼻を付け、その間一人が肩にかけた大袋からなにか取り出して種まきの動作を繰り返しました。彼らは地下貯蔵庫のドアをこじ開けそこに生石灰をばら撒《ま》き、その他全ての付属の建物の中にもそれを撒きました。彼らが芝生を渡って退却しようとしたとき、真っ暗だった窓に明かりが灯《とも》りました。みるとミス・エミリーが光を背に受けて、偶像のように胴部を真っ直ぐ立て身じろぎ一つせず窓框《まどがまち》に坐っていました。彼らは背を丸めて急いで芝生を越え、街路樹のアメリカサイカチの陰に消えました。それから一、二週間立つとその匂いは消えました。

そのときはみんなが彼女のことを本当に気の毒だと感じ始めていたときでした。わが町の人たちは、彼女のおおおばであるオールド・レディ・ワイアットが最後は完全に発狂していたことを知っていましたから、グリアソン家は実態以上に少々偉そうにしすぎていると信じていました。どんな若者もミス・エミリーにふさわしくないと退けられたのはその例でした。私たちは彼らのことをずっと以前から一つの活人画だと考えていました。つまり、白い衣装を纏《まと》った細身のミス・エミリーが背景に立ち、前面に彼女の父が影絵のように彼女に背を向け両足を大きく広げ馬の鞭を手に掴んでいる、そんな二人の額が表玄関を押し開けると飾ってあると想像していました。そんな状況で彼女が三十になりまだ独身でしたので、私たちは正直喜んだわけではありませんでしたが、やっぱりな、と思いました。いくら家系に精神病の血が流れていたとしても、結婚の機会が整っていれば彼女が全部自分でそのチャンスを断ったとは思えないからでした。

彼女の父が死んだとき、彼女に残されたのは家屋敷だけだという話が伝わりました。それである意味で人々は喜びました。やっと彼らはミス・エミリーに同情することができるのです。一人ぼっちになり生活保護者となっては、彼女は当たり前の人間になったはずです。やっと彼女も一ペニー増えるか減るかで味わう昔ながらの喜びや悲哀を知るでしょう。

彼女の父が亡くなった翌日御婦人方は全員わが町の慣習に従い、お悔やみを述べ力になりたいと申し出るつもりで彼女の家を訪問しました。ミス・エミリーはいつもの服装で顔に悲しみの色も浮かべず、彼らを玄関で応対しました。父は死んでいないと彼女は彼らに告げました。彼女は三日間そんな態度を続けましたので、牧師が彼女に面会し、医者が何人か来て死体を処分させてくれるよう説得に努めました。彼らもとうとう最後は法と権力に訴えるしかないと覚悟したとき、彼女が折れましたので、彼らはすぐに彼女の父を埋葬しました。

その当時は彼女が狂っているとは誰も言いませんでした。彼女にしてみればそうせざるをえなかったのだろうと私たちは信じました。私たちには彼女の父が追い払った全ての青年たちのことが思い出され、無一物になった彼女としては、彼女から全てを奪った者にすがりつくしかないのだと私たちは察しました、そんな場合はみんなそうなると思いましたから。

III

彼女は長いこと病に伏せっていました。私たちが再び彼女を見たときは、彼女の髪は短く刈られ、教会の極彩色の窓に描かれた――どこか悲劇的でかつ静澄な――あの天使たちにかすかに似て、少女のような印象を与えました。

町はちょうど歩道の舗装をする契約を許可したばかりで、彼女の父が亡くなった年の夏に、業者が工事を始めました。建設会社は黒人やロバや機械を持ち込みましたが、一緒に来た現場監督は名前をホーマー・バロンというヤンキーで、でかくて色の浅黒い機敏な男で、声は大きく目の色は顔色ほど浅黒ではありませんでした。子どもたちは群れをなして彼の後を追い彼が黒人たちをぼろくそにどなり散らすのを聞いたものでしたが、黒人たちはつるはしの上げ下ろしに合わせて歌を歌っていました。ほどなく彼は町の人間全てと顔見知りになりました。町のどこかの広場で大きな笑い声が聞こえますと、彼が人だかりの真ん中にいるのでした。それからすぐ私たちは、日曜の午後彼とミス・エミリーが貸馬車屋の黄色い車輪の車を似合いの栗毛の馬二頭に引かせて走っている姿を見るようになりました。

御婦人たちが口々に「グリアソン家の人がまさか北の人間を、しかも日雇い労働者を真面目に考えているわけがないでしょう」と言っていましたから、最初は、私たちはミス・エミリーが関心を持ってきたことを喜びました。しかし、他の人たち、とくに年寄りたちが、いくら悲しみがあったといえ本物のレディーなら「ノブレス・オブリージュ」（訳注：高い身分の人間がわきまえる徳義を意味するフランス語。ここでは慎み深い行動の意）を忘れるはずがない――もっとも「ノブレス・オブリージュ」という言葉は使われませんでしたが――と言い出しました。彼らはただ次のように言って嘆きました。「憐れなエミリー。一族の誰かに来てもらわないとまずい」彼女の親族がアラバマにいましたが、何年か前に、彼女の父が例の頭がおかしくなったオールド・レディ・ワイアットの状態をめぐって彼らと仲違《なかたが》いして以来、両家には交信が途絶えていました。彼らは葬儀にさえ誰も差し向けませんでした。

そして、年寄りたちが「憐《あわ》れなエミリー」と言い始めるとすぐ、次のような囁《ささや》きが聞かれ始めました。「あれ本当にそうなのだろうか？」と彼らは互いに言いました。「もちろんそうだよ。他にどんなことが……」と最後は口に手を当てました。揃いの二頭立ての馬車がパカパカと軽快な音を立てて通ると日曜の午後日差しよけに閉められたベネチアンブラインドの背後から首が伸びハイネックのシルクとサティンが擦れあう音が聞こえました。「憐れなエミリー」

彼女は堕落したのだと私たちが信じるようになったときでさえ、彼女は堂々と胸を張っていました。それは、彼女が最後のグリアソン家の人間として自分の威厳に対し今まで以上に敬意を払ってもらいたいと要求しているかのようでしたし、また彼女の超越的平然さを再確認するためにその程度の低俗さを必要としているかのようでもありました。それはまた彼女がネズミ捕りの毒薬、ヒ素を買ったときも同じでした。それは人々が「憐れなエミリー」と言い始めてから一年以上経ってからのことで、二人の従姉妹《いとこ》が彼女の家を訪問している間のことでもありました。

「毒薬をください」と彼女は薬剤師に言いました。彼女はそのとき三十を超えていましたが、なおほっそりした女性でした。ただ普段より身が細り、灯台守の顔ならかくあらんと思うような、こめかみ一帯と眼窩の周りの肉が神経質に張りつめた顔に、冷たい驕慢《きょうまん》な黒目を窪ませていました。「毒薬をください」と彼女は言いました。

「はい、ミス・エミリー。どのような種類で？　ねずみ用とかそんなものですか？　なら私のお勧めはー」

「一番効くのをください。種類は何でもかまいません」

薬剤師は幾つか品名をあげました。「みんな小さいものから大きいものでは象でも殺せます。でもあなた様のお望みはー」

「ヒ素を下さい」とミス・エミリーは言いました。「それは効きますか？」

「えーと、ヒ素ですか？　ええ、お嬢様。でもあなた様のご入り用は――」

「ヒ素をください」

薬剤師は彼女を見下ろしました。彼女は直立したまま彼を見返しましたがその顔はぴんと張った旗のようでした。「ええ、そりゃもう」と薬剤師は言いました。「それがお望みなら、はい。ですが、法律によりましてそれを何にお使いなのか申告していただきませんといけません」

ミス・エミリーは、目と目が合うように頭を後ろに傾け、彼をただじっと見すえました。とうとう薬剤師は目を逸らし、ヒ素のあるところに行き、それを包装しました。黒人の配達係の少年が彼女にその包を持ってきました。薬剤師は店頭に戻って来ませんでした。彼女が家に帰って包みを開けてみますと、箱の髑髏図《どくろず》（訳注：斜め十字に交差した大腿骨の上に頭蓋骨の正面図を置いた図案。もとは海賊の旗印。現在は毒物表示など要注意の印）の下に、「ネズミ用」と書かれていました。

IV

それで、次の日私たちはみんな言いました、「彼女は自殺するつもりだ」と。そしてそれが一番いいと言いました。彼女が最初ホーマー・バロンと連れ添っているのを見られ始めたころ、私たちは、「彼と結婚するのだろう」と言いました。それから次のように言うようになりました。「まだ彼を説得中のようだ」というのは、ホーマーは男が好きでエルクス・クラブ（訳注：米国で一八六七年に設立された、慈善運動を支援しているエルクス慈善保護会の会員用クラブ）で若い男たちとよく飲んでいるという評判でしたし、彼自身俺は結婚するタイプじゃないと言っていたからです。その後、ミス・エミリーが胸を張って、ホーマー・バロンが帽子をかしげて葉巻を歯と歯の間にくわえ、黄色い手袋に手綱と鞭を持って、二人で金ピカの馬車に乗って日曜の午後私たちの前を通り過ぎると、私たちはベネチアンブラインドの裏で「憐れなエミリー」と言い合いました。

それから御婦人方の何人かが、こんなことを許しておけばこの町の不名誉であり若い人たちに悪い見本を示すと言い始めました。男衆は余計な干渉をしたくありませんでしたが、とうとう御婦人がたがバプティスト（訳注：代表的なプロテスタントの派の一つ）の牧師――ミス・エミリー家はエピスコパル（訳注：代表的なプロテスタントの一つ英国国教会派であるが、華麗な権威主義的なところがあり古い南部貴族のライフスタイルに合致していた）だった――を強引に説得し彼女の家を訪問させました。彼は会見中どんなことがあったか決して明らかにしようとしませんでしたが、二度と彼女の家には行かないと断言しました。次の日曜日彼らは再び通りに馬車を走らせましたが、その翌日先の牧師の妻がアラバマにいるミス・エミリーの親戚に手紙を書きました。

その結果彼女は再び同じ屋根の下に血縁者と住むことになり、私たちは安心して成り行きを見守りました。最初は何の変化もありませんでした。それから私たちは二人が結婚する予定だと確信するようになりました。私たちは、ミス・エミリーが宝石店に行き、男ものの銀の化粧道具一式を注文し中身のそれぞれにH.B.という彼の頭文字を入れさせたことを知りました。その二日後、彼女が寝巻き用のナイトシャツなど男性用の完全な衣装一式を買ったことを知りました。だから私たちは、「結婚したのだ」と言いました。私たちは本当に喜びました。喜んだというのは、同居していた二人の従姉妹がミス・エミリーに輪をかけた典型的なグリアソンタイプだったからです。

それゆえ、街の舗装工事が大分前に終わってホーマー・バロンがいなくなったと聞いても驚きませんでした。公に別居の宣言がなかったので少しがっかりしましたが、彼はミス・エミリーが転居する準備をするため去ったのか、従姉妹たちに立ち退いてもらうチャンスを彼女に与えているのだと私たちは信じました。(そのころには、一種の集団陰謀が働いており、私たちはミス・エミリーの味方になって一緒に従姉妹たちを出し抜こうとしていました)。果たせるかな、一週間後に彼女たちは出て行きました。そして私たちがずっとそう思っていましたとおり、三日もたたず、ホーマー・バロンが町に帰ってきました。黒人の召使がある日の夕暮れ時に彼を勝手口から招き入れるのを隣人が見ていました。

そしてそれが、私たちがホーマー・バロンを見た最後でした。そしてミス・エミリーもしばらく見ませんでした。黒人の男は買い物かごをさげて家を出入りしていましたが、表玄関は閉ざされたままでした。ちょうど男たちが生石灰を撒いたあの晩ちらりと見たときのように、彼女をたまに窓辺でちらりと見かけることはありました。しかし、それからほぼ六ヶ月間彼女は街に現れませんでした。それから、彼が見えなくなったのも不思議な話ではないと私たちは確信しました。それはあたかも、彼女の人生をあんなに何度も邪魔した父のあの気質があまりに敵意に満ちあまりに強烈で死に絶えることがないかのようだったのです。

私たちが次にミス・エミリーを見たときは、彼女は太って髪は白くなり始めていました。それから何年かの間にだんだん白髪が目立ち、最後は全体が均一なごま塩頭の鉄灰色《てつはいいろ》になりました。それは、彼女が七十四歳で没する日まで、元気な男の髪のように、あの精力旺盛な鉄灰色のままでした。

その時からずっと彼女の表玄関は、彼女が四十歳ぐらいのころ陶磁器の絵付けのレッスンをしていた六、七年の間を除いて、閉ざされたままでした。彼女は一階の一部屋に工房を拵《こしら》えましたので、サートリス大佐の同時代人の娘や孫娘が、日曜日に献金受け皿のための二十五セントを持って教会に送られたのと同様の規則正しさと同じ精神で、彼女のもとに送られました。その間も彼女の税金は免除されていました。

それから新しい世代が町を支える中心的な精神になり、絵付けの生徒たちが成長し離れていきますと、彼らは自分の子供たちを、絵の具と退屈している絵筆の箱と婦人雑誌から切り取った写真を持たせて彼女のもとに送ることはしなくなりました。最後の世代が終わると表玄関のドアはそれきり閉ざされたままでした。町に無料の郵便配達制度が導入されても、ミス・エミリーだけは玄関のドアに金属の番号を貼り付けそこに郵便箱を取り付けることを許しませんでした。彼女は彼らが何と言っても聞き入れようとしませんでした。

黒人の召使は、日に日に、月ごと年ごとに、髪が白くなりますます腰を曲げて買い物かごをもって出入りするのが目撃されました。毎年十二月になると私たちは彼女に納税通知書を送りましたが、毎回一週間後に郵便局から受け取り拒否で返送されました。二階は明らかに閉め切られたらしく、たまさかに一階の窓辺に立っている彼女を見ることがありましたが、それは壁龕《へきがん》に置かれた聖像の胸部の彫像のようで、私たちを見ているのか見ていないのか、いずれとも判ずることはできませんでした。このような状態で彼女は長い年月を過ごしました——いとしく、逃げ場のない、何事にも動じない、平穏な、そして頑迷なままで。

こうして彼女は死にました。埃と影に満たされた家の中で病に倒れ、よろよろの黒人の男だけが彼女を看病しました。私たちは彼女が病気になったことさえ知りませんでした。私たちはその黒人から何らかの情報を得ようと努力しましたがずいぶん前に無駄だと諦めていました。彼は誰とも話をしなかったし、たぶん彼女とも話したことがなかったのではないでしょうか、というのは、長い間使わなかったため彼の声は耳障りなほどしわがれていましたから。

彼女は一階の部屋の一つにある、カーテンのかかった重いクルミ材のベッドで、長年日光に当たらないため黄色くかびくさい枕に白髪の頭をのせて死にました。

V

黒人の召使は最初のご婦人たちを玄関のドアに出迎えてから中に通しましたが、彼女たちが唇を窄《すぼ》めた小声で話しながらキョロキョロ見回している間に、彼はすぐ消えました。彼は家のまっすぐ奥に向かって外に出て、それ以来誰も彼の姿を見ることがありませんでした。

すぐ二人の従姉妹が来ました。彼らが二日目に葬儀を執り行ったとき、町中の人が献花の山の下に埋もれるミス・エミリーを見に来ましたが、棺台の上部にクレヨンで描かれた深刻な顔で物思いにふけっている彼女の父の顔が飾られていました。御婦人たちはひそひそ声で話しぞっとする不気味な顔つきでした。そしてとくに老齢の紳士たち——その何人かはブラシをかけた南部連合国の軍服を着ていました——がポーチや芝生の上に立ち、エミリーが彼らと同時代に生きた人であるかのごとく彼女のことを語り、数学的正確さで進行する時間を混同し、彼らはきっと彼女と踊ったことがあり、ひょっとして求愛したことがあるはずだと信じていましたが、それは老人の常で、彼らにとって過去は全て、次第に消失する道ではなくて、まさに、今や最も近時点の十年という狭い隘路で彼らと分離された、冬が決して訪れることのない広大な牧草地であったのです。

階段の上のあの一角に四十年間誰一人見たことのない部屋が一つあり、これはどうしても明け放たなければならないことを私たちはすでに確信していました。ミス・エミリーが規定どおりに地中に埋められるのを待って、彼らはそこを開けました。

そのドアを力で打ち破って開けたためこの部屋いっぱいに埃が充満したように思われました。墓石などに掛ける薄いビロードの掛け布が、鼻を刺す臭気を放ちながら、婚礼のためと思われる飾りや調度品が揃ったその部屋のあらゆるものに被《かぶ》せてありました。色あせたバラ色の飾りカーテンの上や、バラ色の傘をつけたランプの上や、化粧テーブルの上や、クリスタルと表面が変色した銀の男性用化粧品を手際よく並べた上に（銀はあまりに変色しており刻まれた頭文字が読めませんでした）。その中に襟とネクタイが、今さきほど取り外したばかりのように横たわっており、取り上げてみると、埃の中に青白い三日月が表面に残りました。椅子の上には丁寧に畳まれたスーツが掛けられており、その下に無口な靴が一足置かれ、そして履き捨てられた靴下がありました。

あの男はベッドに横たわっていました。

長いあいだ私たちはただそこに立ちつくして、深遠な、肉体のない笑いを見下ろしていました。体は、かつては彼女を抱擁する姿勢で寝ていたに違いありませんが、今は愛より長く生き延びた、愛の渋面さえ克服した長い眠りが彼から彼女を奪ってしまっていました。彼の亡骸《なきがら》は、寝巻きのナイトシャツの成れの果てに朽ち果て、彼が寝ていたベッドと一体となっていました。そして彼の上に、それから枕の上に、辛抱強く待ち受ける埃の被覆が均一に堆積していました。

それから私たちは、二つ目の枕に一人の人間の頭がつけた窪みがあるのに気づきました。誰か一人がそこから何かを掴み上げましたので、前かがみになって覗きますと、あのかすかで目に見えない埃が乾燥して鼻につんとくる匂いを放ちましたが、鉄灰色の長い髪の毛が何本か集まっているのを目にしました。

1929

詩は金になる

コンラード・バーコヴィッチ

作品について　「詩は金になる」（*There's Money in Poetry* 一九二二年）は通常の概念である「詩は金にならない」を逆手に取ったもの。一九二九年に作者がそれまで寄稿していた雑誌の一つである『ハーパーズ・マガジン』に掲載された。本作品は一九三〇年八月に『ザ・ジャーナル・ニューズ』や同年九月に『ザ・デイ』という地方新聞に掲載されているが、同誌は作者コンラート・バーコヴィッチを「著名な作家、詩人」（Famous Author and Poet）と紹介している。ロシアかポーランドかどこか東欧圏からアメリカに移住してきた主人公が、ときに外国人なまりの英語を話しながら、故郷に帰る船上で知り合った作家である聞き手に語る話である。モームは、この作家の作品を選んだ理由を、「第一にとても可笑しかったからだが、このようなアンソロジーの試みとしては、ユダヤ人の作品を入れることが必須と思ったからだ」と述べている。

作者について　コンラート・バーコヴィッチ（Konrad Bercovici）は一八八二年ルーマニアでユダヤ人の両親のもとで生まれ、一九六一年アメリカで死去した作家、ジャーナリスト、脚本家。多言語を話す両親の教育で、彼はギリシャ語、ルーマニア語、フランス語、ドイツ語に親しんだ。父の死後、家族と共にパリに移住し、労働しながら教育を受け、そこで結婚した。その後、妻とカナダに移住しモントリオールにしばらく居て、ニューヨークのマンハッタンの労働者が住む地域のロワー・イーストサイドに落ち着いた。生活のため低賃金の職場で働いたり、パリで習っていたピアノのレッスンをしたり、安劇場でオルガンを弾いたりした。作家、ジャーナリストとしてはすでにモントリオールでユダヤ系の新聞に記事を書いているが、作家として注目を集めたのは、処女作『慈善の罪』（一九一七年）だった。以後、彼が若い頃から付き合いが深かったジプシーをテーマにした作品を多く手がけた。

一方彼は世界各国を巡るコスモポリタンで、欧州ではフィッツジェラルドやヘミングウェイとも交わった。

代表作は「ギッツサとその他ジプシーの血の物語」（*Ghitza and Other Romances of Gypsy Blood*、一九二二年）、『ジプシーの血』（一九二三年）、『ニューヨークで世界巡り』（一九二四年）など。一九二〇年代には作家としての名声を確立し、彼の短篇はしばしば「世界のベスト短篇集」に選ばれた。

大西洋横断の客船上で、五十がらみで頭が禿げて青い目をした頑丈な男が、腿《もも》みたいに太い手を差し出して自己紹介してきた。

「わしの名はレバインですが、あんたの名は？　わしはシルクの商売をやっとりますが、あんたの商売はなんですかな」

私はぼそぼそと大した仕事はしていないと答えた。夕食後、コーヒーが運ばれてきたとき、船の事務長と船長が私に挨拶に来てわずかの間私たちのテーブルに坐った。私はさきほどの連れを紹介したが、すると彼は、私がそんな重要人物と親しい間柄であることに畏敬の念を抱いたかのように、同じ質問をした。

「どんな仕事と言われたかな？」

私はすごく曖昧な返事をした。レバイン氏は訳が分からず、疑うように私を見た。

一時間後、レバインは親しげに私の肩を叩いた。

「いやはや、あんたの正体がわかりましたよ。作家だそうですな。なんでそう言ってくれませんのじゃ。何も恥じることはないのに。我が家でもそんなことがあったんですわ。お休み」

次の日、レバイン氏は彼の生涯について私に話をする気持ちを固めていた。私は止めてくれと断るどころか、是非にと勧めた。その話につきあって早く切り上げるほうがよいと思ったからだ。男が自分の人生について話したいと決心した以上、逃れる術《すべ》はない。その機会を先に伸ばせば伸ばすほど、彼の話には尾ひれがつき……そして事実とかけ離れる。想像力に欠ける人間のわざとらしい作り話ほどうんざりするものはない。

夕食後、私はデッキに出て、彼のそばの椅子に腰掛けて言った。

「何か私に話したいということでしたね。聞きますよ、レバイン、どうぞ始めてください」

レバインはエヘンとかアアとか言ってもったいぶった。

「長い話をかいつまんで言えばこういうことです。簡単に話しますが、一部始終を話しますからな」

「最初に、カントロウィッツというこれもシルクの商売をやっている親友がおりまして、私とほぼ同じ頃、二十年ぐらい前にアメリカに渡ってきました。二人ともシルクの商売をやっておりました。ときにはちょっとした商売敵《がたき》でもありましたが、ときには手を携えて仕事をしましたし、大部分は仲のいい友人でしたな。しかし、ときどきささいな喧嘩といいますか、ちょっとした言い争いや口喧嘩などをやりましてな、これで二人の関係は永久に終わったと思ったときに、カントロウィッツがブロンクスにわずかばかりの土地を買いまして、そのそばにもう一つ地所があって彼が払ったのと同じ値段で買えるぞと私に教えてくれたんですわ。費用が安くて済むように、設計家や他の何もかも共同で、そこに同じタイプの家を作ろうというわけです。それから長い時間が経ちましたが私たちはまた永遠の親友です。彼は彼の生活で満足し、私は私の生活で満足で、家族はみんな仲良しですから、万事順調ですわ。

「おりしもちょうどシルクの景気が良いときに、彼の息子、長男ですが、これが高校を出るとすぐ親父の仕事に加わりました。この息子はどこをとっても文句のない子で、近所の女の子と恋に落ち、結婚して、ワシントン……ハイツに引っ越しましたが、順調に暮らしております。カントロウィッツの長男は父親の生き写しで、親父が二十歳にやったことをそいつも二十歳にやる。親父が四十二にやったことはそいつも四十二になったらやるような息子です。まことにいいやつです。どこの親でもこんな息子が身内にいたら喜びます。

「ところが、もう一人の息子のイジーというのは、あまり出来が良くない。どういうことかと言いますとな、イジーが十三か十四でまだ学校に行っていたときの話ですが、彼が作った「インドの風」という詩が学校新聞に掲載されたんですわ。それでカントロウイッツはその詩をあちこち持ち回っては誰彼となく見せて、息子は詩人だと言い、それを額縁に入れて店に飾った。彼に話しかけると五分も経たぬうちに、彼は額縁に入れて壁に飾った息子の詩を見せる。わしは仕事の話で来たのに、彼にイジーの額入りの詩を見せられる。それで兄貴の方はすっかり頭にきましてな。詩を書かなければ、いい息子じゃないのか、というわけですな。

「歳が十三で、この国で生まれていない子が、詩を書いて新聞に印刷されるのですから、そりゃたいしたことです。近所の人たちすべてがこの子のことを自慢にしましたな。彼はすでに有名人ですわ。ところが、その子が高校を卒業して、父親が家業の加勢をしてくれと言いましても、イジーは聞く耳を持たない。だからこれは困ったことですわ。彼は詩人になりたいのですな。

「それから一年かそこら私どもは何にも知りませんでした。カントロウィッツがどれだけ心配していたのか、家庭内で喧嘩が絶えなかったことなど全然知りませんでした。カントロウィッツは叩き上げの誇り高い男ですからな、家庭内のみっともないいざこざは一切漏らしません。だが、その子が十八になり十九になっても詩を書く事以外何にもせずに、毎晩我が家に来まして娘のマーガレットに自作の詩を読んで聞かせるものですから、わしはその子に注意せざるをえませんでしたな。それである日こう言ったのです。

『イジー、こんなことを続けていたら最後どうなるんだ。いつになったら仕事につくつもりだ。詩はカントロウィッツの家業じゃないぞ。家族のことを考えるべきだ』

「そしたらイジーは、わしがあいつの父親の悪口を言ったみたいにわしの顔を見まして、わしがまるで中国語かなんかを喋っているみたいに肩をすくめますのじゃ。それから彼が出て行きますと、娘が彼に何でそんな口を聞くんだとわしを責めましてな、彼は偉大な詩人だと言うんです。それでわしは娘に言いました。そんなこと先刻承知だ、何年も前に学校新聞に印刷された詩も見た、だけどそれと家業と何の関係があるのだとな。我が家にちょこちょこ現れる男の子は、何をして食っているんだ、我が家は怠け者がやってくるところじゃない、とな。

「それから一週間が過ぎ、また次の一週間が過ぎまして、ある日カントロウィッツがわしの店に現れたんですが、彼がとても心配しているのがわかりました。そこでわしは言ったのですわ。

『景気はどうだ、カントロウィッツ？』

「カントロウィッツは、商売は順調だと言うのです。そこでわしは健康のほうは大丈夫かと聞きました。するとそっちも問題ないと彼は言うのです。何を悩んでいるのかと思いましたら、とうとうイジーのことだと言うのです。彼の家庭になぜこんな子が出てきたのか、模範となる例がいつもあの子の目の前にあるというのに。父も兄も商売、家族が全員商売をしている、誰でも商売をしている、なのにあの子はただぶらぶらして、何もしない。あの子に何度も話して聞かせていると彼は言う、しかし、壁に向かって話しているようなものだと。彼は目に涙を浮かべて、このままいったら最後はどうなるだろうか、とわしに訊くのですわ。

「だからわしは彼を慰めて心配するなと言ったのです。あんたのような父を持ち兄がいるのだから最後はうまく立ち直る……イジーが殻潰《ごくつぶ》しになるはずがない。

「わしはずっと前から本当に悪いのはカントロウィッツだと言ってやりたかった、何故かと言えば、彼が少年の詩を人に見せ、額に入れて店に飾ったがために、少年の頭がおかしくなり、うぬぼれて自分は他の誰より立派だと思い始めたのですからな。しかし、わしがそう言わなくても、わしの言っている意味はそれだと理解したのですね、それで彼はこう言った。

『そりゃわしが悪かったのは知っている。だけどわしはほんとに鼻が高かったんだ。さきざきどんなことになるかはわかるわけがなかろう。わしがやってくれと言うのにやりたくないと言ったままで、一生詩を書き続けることになるなんてどうして想像できようか』

『心配するな』とわしは言いましたさ。『物事は収まるべきところに収まる。イジーの家柄は立派だ、血は水より濃い。これまでにあんたの家系に詩人がいたことがあるか』とわしは訊きました。

『ないさ』とカントロウィッツは言いました。『我が家系にそんなもんがいたと聞いたことがあるか？　破産もなかった、詩人もいなかった』

「その晩家に帰りましたら、イジーが娘のそばでカウチに腰掛けて、新聞に載った詩を娘に読んで聞かせていましたのじゃ。わしはすごく腹が立ちましてな、彼に言ってやりました。君は何ゆえに父さんや母さんを心配させ、家系を辱しめ、ぶらぶらして詩をかいているのじゃ、わしは君の家族の親友だから、こんなことを言いたくないが、君はわしのマーガレットのそばでカウチに腰掛けて詩を読んで聞かせる資格はないぞ。そんな調子であの子にきつく説教しました。まず君は自ら男らしく身を立て、それから娘に話しかけるべきじゃとね。するとイジーは怒り出して、娘のマーガレットまでいままで聞いたことのない口調でわしに食ってかかり、ここはアメリカよ、ロシアじゃないのよと言うんです。それでわしはマーガレットに言い返しました。女ならいいんだ、もしおまえが詩を読みたいなら読めばいい、あるいは他に真面目なことをしたいならすればいい、だが商売をしている家の男の子には詩は破滅の元だと。だから彼はもう今後我が家には来てはいけないと」

「わしは娘のマーガレットのことはわかっておるつもりでしたから、あの子は父親がやってくれるなと言えば従うので彼には会わないと思いましたな。これで万事うまくいくと思いましたな。しかしここはアメリカです。女たちは家に養ってもらっていても独立しますわ。もちろん働いている女が独立することは問題ないです。しかし、後で話しますが結果オーライになりました。わしは死にそうになりましたが、今回生まれ故郷に帰る旅に出たのはむしろそのことが理由ですわ。

「それにしてもそのときのカントロウィッツを見せたかったですな。彼の悩みは凄まじくて、一週間に悩んだ量が、彼の父親が一生かかって悩んだ悩みより多かったんですからな。彼の父親というのは政治家で両肩に世界を担いでいた人間でした。彼は自分の商売よりあの息子の将来で悩んでいたのです。わしの店に来て赤ちゃんみたいに泣くのですわ。彼の息子は親不孝です。歳を経るごとにひどくなっていました。すでに歳は二十一になっているのに何にもする気がなくて、自分の詩がどこかの雑誌に印刷された時だけ嬉しそうでした。

「マーガレットはそれが発表されるとよくわしに読んで聞かせました。あの娘《こ》が読むと結構な響きでしたが、いつも花とか川とかそんなことばかりでしたな、そこでわしはある日わしの娘に言ったのです。

「いいか、この五年間彼は詩ばかり書いていたが、どれだけのものを書いたか見せてくれ。雑誌の二ページ分はあるかもしれんが、男が五年間になす仕事としてそれで十分か？　誰も男が詩を書くこと自体には文句は言わない、がそれは……仕事が終わって、少し時間があるときだ。一日八時間も詩を書く人間はいない、社会主義者だって一日八時間は働けと言っている。

「するとあの娘はため息をついて、なんにも分かっていないのね、というような顔でわしを見ましてな、それからあとはわしに彼の詩は見せなくなりましたし、わしも彼の話はしなくなりました。そしてカントロウィッツのほうは、こんな不幸が自分の家に起きるなんてと気が狂いそうでしたな。それでわしも悲しくなりました。それでなくても仕事で悩みが多いのに、アメリカに来てそんな目にあうとは。詩ですよ。

「ところがある日カントロウィッツがわしの店にきたんですが、わしは彼の素振りを見てすぐえらく嬉しそうだとわかりました。どんなにでかい注文が来てもこれほど喜ぶ顔はしない。

絶対しない。それでわしは一体何事があったのだと思いましたな。わしは会社の売り子たちと会議をしていたのですが、会議を止め、彼を別室に呼びまして、言いました。

『何があったんだカントロウィッツ。急いで話してくれ、もう待ちきれん』

「しかし彼はあまりに興奮していてほとんど話しができませんでしたが、やっとこう言いましたな」

『お前の言うとおりだった、レバイン。お前の言うとおりだった。息子のイジーが正気になった。血は水より濃い。今朝あの子はエイ・ジー・ビー・シルク会社に就職したんだ、そして一週間したら旅回りのセールスに出るんだ！　あの子は俺の命を救ってくれた』と言って、カントロウィッツは赤ん坊のように泣くのです。

「わしはとても嬉しかった。どんなに嬉しかったか言葉じゃ説明できません。シルクの注文がどんなに大量に来てもそんな気にはなりませんでしたな。商売をやっておりましても人間には感情があるんですわ。それでわしはカントロウィッツに言いました、今大事な会議をやっておるが、会議は明日まで待てる。そしてわしらは二人で町へ出かけ、祝いに上等のワインを一本開けました。故国の話や知り合いになった人たちや何やかやを話して盛り上がり、こんなに楽しかったことは長いことなかった。わしらはこの国に来てそれなりの成功をしている。金も貯めた。すべて順調だった。それにわしらの子供たちがまともになった。何も頭を悩ますことはなかった、やっぱり血は水より濃い、だった。

「わしは家に帰るとこの良い知らせを女房に話しました。しかし、娘のマーガレットはイジーが正気になって旅回りのセールスマンになると聞くと、これ以上悪い知らせはないかのように泣き続けました。女はまったくわからんとわしは思いましたな。誰もわかった奴はいませんな。ですから、あの娘がなぜ泣くのかわしにわかるはずがありません。だが、嬉しくて泣くのじゃないことはわかりました。そりゃわかりましたさ。大きな違いがありますからな。だから泣いているのはたぶん彼が旅回りをすれば今までみたいにしょっちゅう会えなくなるからだと思いまして、あの娘のことはそっとしておきました。わしが会ってはならんと言ってもあの娘は彼に会っているのは知っとりましたからな。アメリカじゃ女の子は誰にも支配されませんからな、それを知っている父親は命令しても従われない場合は目をつぶるのですわ。

「一ヶ月後、イジーが旅回りから帰ってきました。見違えるようになっていましたな。髪の毛は短く切り、服にはアイロンがかかっている。エイ・ジー・ビー・シルク会社の人たちは彼に大満足です。私は会社に電話して彼の評判はどうだと訊きましたさ。そこでわしはひそかに考えましたな、彼がマーガレットに会いに来てもわしは何も文句は言うまいとな。だってマーガレットは彼が嫌いじゃないと知っとりましたからな。だが、どうなったと思いますかな？　彼がやってきてあの娘に話しかけても、あの娘は口を利かんのです。彼がもう詩人じゃないから怒っとるのです。女には政治的な権利はありますが、相変わらず馬鹿ですな。

パンより装身具といいますか、詩のほうを欲しがります。

「それで彼はまた旅回りにでましたな。彼の父親はえらい喜びようで、息子はどんな人間でも十年以上はかかる商売のことを二ヶ月でマスターしたとわしに教えるのですわ。そりゃそうですわ。カントロウィッツ家はシルクの商売を二百年も続けているのですからな。音楽家の家庭に育った人間が音楽のことを知っているようにあの息子はシルクのことを知っていたのです。シルクと一緒に生まれたようなもんです。あの息子は学校に通ってシルクを勉強しなくてもシルクと木綿の違いがわかったのですわ。だがわしは何も言いませんでしたが、彼の父親は幸せで、万事好調でした。カントロウィッツはもう息子に夢中でしたな。詩のことはあれの家系にない話なのに、あんなにはしゃいでその額縁を壁にかけたりしたんですからな。だけどシルクは違います。カントロウィッツ家の人間がシルクをわからないわけがない。

「ところで、毎朝家を出ますとな、出先からマーガレット宛に手紙が来とりましたが、わしはなんにも言いません。あの息子は旅に出たり帰ったりしとります。帰ってくるといつもマーガレットに会っとります。娘はあるときは熱く話しかけたり、あるときは冷たく話したりしとりましたが、わしは何も言いません。見て見ぬふりですな。わしは血は水より濃いといつも信じとりますからな。わしの家系にもいまだ詩人はおりませんでしたがね。

「そのうち兄貴が、それまで父と共同出資者だったのですが、事業を独立しましてな。イジーが帰ってきまして、父親の共同出資者になりました。彼の父親ったらもう話しかける暇もないですわイジーの自慢ばっかりで。一日二十四時間息子を下にも置かぬ甘やかしようでしてな。また詩に戻るのじゃないかと心配だったんですな。

「さてある頃から新しい種類のシルクが出回りまして、町の卸売商人はどこもその見本を手に入れました。イジーはそのシルクの布を眺め、感触と匂いを確かめ、愛撫するんですわ。あの子がひと切れの絹布《けんぷ》にそんなことをするのを今まで誰も見たことはありません。なんという名か知りませんが、卸売商人はそれに名前をつけていたんですな。ところがイジーはそのシルクを見ると、匂いを嗅いだり、狂ったみたいに頬や唇にくっつけたりしましてな、次に口を開くと、「インドの風だ」と言ったのですわ。目はきらきらと輝き、顔は、その絹布を触ったために酔ったかのように真っ赤でした。まさにそんな感じで、「インドの風」と言うのです。

「それから彼は注文を出すときシルクのへりに「インドの風」という名を印刷させまして、それを特別な種類の色つきの絹紙《きぬし》に包ませたのですわ。

「すると〈インドの風〉がえらい評判になりましてな、御婦人方は〈インドの風〉以外には見向きもせず、中身に変わりはないのに、へりに〈インドの風〉の印がないシルクは買おうとしないのですわ。それからというもの、カントロウィッツに注文が殺到しまして、他の商売人はどこもほとんど廃業に追い込まれるしまつでした。わしは『これもあれも同じ絹ですよ』とお客さんに説明するのですが、どなたも〈インドの風〉以外は買おうとしないのです。

ですからカントロウィッツはえらい鼻高々で、店に来る人間に誰彼となくまだ壁に掛けてある〔インドの風〕という題の詩を見せるんですわ。それで彼に会いに行きますと、私に言うんですわ。

『レバインよ、あんたの言うとおりだった。大変な息子を授かった』

「だからあれは大丈夫だと言ったんだ。信じなきゃダメだ。人間が真面目なら商売に差支えがあってもいずれまともになる。

「それからイジーは家に前よりちょくちょく来るようになりましたな。商売は繁盛し、カントロウィッツは親も子もわんさと金を稼ぎよりましたわ。彼はマーガレットとデートしては、湯水のように金を使いました。わしは何も言いません。二人は幸せなときもありましたが、そうでないときもありました。ある日二人で家に来まして結婚したと言うんですわ。あっさりしたもんです。結婚式も、披露宴もいらないと言う。あの子は商売では成功したが、いつもちょっと変わっていましたな。大金を使わなくていいから、わしは大喜びですわ、なにせ花嫁の父親が結婚の費用を支払うのですからな。なにしろわしは商売柄結婚披露宴では五百人分の料理に一人頭十ドルは使わねばならなかったでしょうからな。いくらになりますかな、計算してくれますか。またこの国では自分の子供がどこの馬の骨と結婚するか知れたものじゃないですからな。しかしわしの場合イジーはあの子が小さいころから知っておりましたし、大成功を収めておったし、シルクに〔インドの風〕なんて名前をつけるような頭を持った第一級の男でしたからな。すごい閃《ひらめ》きを持っているものですな。だからわしらはみんなとても幸せでしたな。

「流行が変わりますと、製糸工場の連中が新しい見本を持って訪問し始めました。わしは新しい見本の選別で忙しくしておりましたが、カントロウィッツがやってきましてな、彼を見るとあまり嬉しそうな顔をしていません。

「どうした?」とわしは訊きました。

「『うちのイジーのことだ』と彼は答えましたわ。『三日も店に出てきていない』

「なぜだ?」とわしが訊きますと、

「『電話を何度かけても、今忙しいから邪魔しないでくれと言うんだ。忙しくて店に出られないんだとよ、レバイン』とカントロウィッツは答えました。『あの子は今は少しはあんたの子でもある。なにか手があるか?』

「わしは家に帰っても女房には何も言いませんでした。あれを悩ませても何の役にもたちませんからな」

「けれども一人娘しかおらず仕事以外他に何も持ち合わせていない身で、しかももはや若くもない男としましては、その晩に食べた食事は喉を通りませんでしたな。三日も店に出なくて時間がないいんだと父親に答えるなんて、一体イジーは何を考えているんだ? 商売の時間がないだと! そんなことがありえるか?

「そこでわしは女房に、マーガレットに会ったかと訊きましたら、娘に電話して家に来るように言いましたら、マーガレットは忙しくてそれどころじゃないから電話しないでと答えたというのです。そのときわしは、マーガレットはイジーが詩人を辞めたことを決して快く思っていないことを思い出しましてな、わしは血が凍りました。女はまったくわかりませんからな。

「夕食が終わると、もうこれ以上堪《こら》えきれなくなって、支部のとても大事な会合があるからこれから出なければならんと女房に言いましてな、最初のタクシーに飛び乗り、彼らが住んでいるワシントン・スクエアに走らせました。タクシーの中でわしはどうしたんだろうといろいろ考えました。なんでそんなところに住むことにしたのかなと思いましたな。ワシントン・ハイツにはもっと素敵な住宅があるし、ブロンクスにはそれより上等の住宅がある。なぜワシントン・スクエアに住んでいるのか？　彼が商売をしているからといって、ま、しかし彼はちょっと変わっていますからな、それにわが娘でありながらマーガレットも変な考えを持っておりますからな。それでタクシーを降りてベルを鳴らすのですが、そのときの気の重さは、病気の親戚を訪問するときのような、あるいは破産した銀行の債権者会議に出るときのような気分でしたな。メイドがドアを開けたので足を踏み入れますと、わしの胸はそれまでも重くて潰れそうでしたがそのときはその二十倍も重かったですな。なぜかといいますとな、イジーはテーブルに坐ってその向こう側にマーガレットが坐っておりまして、イジーは又も髪を長く伸ばしてパイプを吸っており、テーブルの上は本だらけだったのです。部屋全体がとても商売人の家とは思えませんでしたからな。家具が変わっていました。あたりにはソファーとロウソクだらけ。生まれ故郷とは違うんだし電気があるのに、なんでロウソクなんだ？

『父さん、ちょっと待ってね』とイジーはわしに言って、本の中の詩を読むんですな、そしてマーガレットが賛成しないのでえらく興奮する。イジーが終わると、マーガレットがわしに『ちょっと待ってね、パパ』と言いまして、別の本からもう一つの詩をわしに読んで聞かせるんですわ。

「だから、あの二人はまたあの病に取り憑《つ》かれたとわかりましてな、これが今まで長年身近にいた我が娘かカントロウィッツの息子かと嘆きました。目の前が真っ暗になりました。目の前に穴が開いたらその中に飛び込んでしまいたいほどでした。二人はわしがそこにいないかのように、まるでわしには目もくれません。イジーはもう一冊の本を取り出して読み始める。マーガレットもう一冊取り出して読み返す。それで二人は口論しわしにはまったく訳が分からん事について喧嘩をする。それに彼はパイプを燻《くゆ》らし、彼女はタバコを吸う。もうわしは死にそうな気分ですわ。がっかりしましたな。それでいたたまれなくなりまして、わしは立ち上がり泣きましたわ。

「お前たち、一体どうなったのだ。イジー、又か？　お前は結婚したことを忘れとる。イジー、またもや詩とは！　お前はどうなったのだ？」

「するとイジーは、わしがこの世に生きている人間で最大の阿呆者であるかのような目でわしを見るんですわ。そしてから彼はわしににっこり微笑んで、一冊の本を取り上げましたが、そのとき一瞬にしてわしの体はふたたび嬉しさに包まれましたわ。その本のあちこちのページの間に見本のシルク布が挟まっているんですわ。つまり彼らは詩集を漁《あさ》りながら新種のシルクのため［インドの風］に匹敵する良い名前を探していたんですな。つまり商売では詩は割に合うというわけですわ。だけど、アメリカに住む青年でなきゃ詩を商売に利用することはできませんな……食うものも食えず屋根裏で過ごした故国の詩人たちと大違いですわ。

「ところがわしは大病をしまして、医者に休めと言われた。そこで故国の知り合いに会いに行くところですわ。

「ところで、あんたはなんで作家だと教えてくれなかったんですかな。何一つ恥じることはないのに。

ローマ熱

1934

イーディス・ウォートン

本作品について　「ローマ熱」（*Roman Fever*）は一九三四年に雑誌『リバティ』に発表され、同年短篇集『ザ・ワールド・オーバー』に再録された。発表後すぐ批評家に注目されたが、それ以後はあまり目立った評価はされていない。しかし、戯曲化され芝居やオペラで上演されたり、ラジオ用に翻案されたりした。

題名の「ローマ熱」は、現代のマラリアのことである。古代のローマ及びローマ周辺の平原には疫病（現代でマラリアと呼ばれる疫病）が多く発生した。その原因は同市内と平原地帯の湿地で発生する「悪い空気」即ち中世イタリア語の mala ria だと考えられた。そこからマラリアを意味する婉曲語として Roman fever（ローマの発熱）が用いられた。

モームはウォートンの本短篇について概略次のように述べている。「現代のアメリカの作家には、ウォートンがよく取り上げた上流社会を題材にするのは人気がないが、何もトラックの運転手や農場の日雇いや労務者やごろつきだけを対象にすることはない。人間はどこに住んでも、例えばニューヨークの五番街にすむ階級でも、同じように人間くさいのだということをこの短篇は示している」本短篇は、二人の上流社会の婦人の会話と語られない心理の動きの中に、一見親密に見える間柄のくすぶった怨嗟《えんさ》と熾烈《しれつ》なライバル意識を描いている。

作者について　イーディス・ウォートン（Edith Wharton）は、一八六二年一月二十四日ニューヨークの裕福な上流家庭に生まれ、一九三七年八月十一日七十五歳でフランスのパリの北に位置するサン・ブリス・スー・フォレで死んだ小説家、短篇作家、デザイナー。幼年期のほとんどをヨーロッパで過ごし、十歳の時帰国した。彼女は英語の他、フランス語、ドイツ語、イタリア語を流暢に話した。知的に早熟で、父親や父の友人の蔵書から手当たり次第に本を取り出して読み、十五歳で短篇小説や詩を書き、十六歳で二つの詩集を出版した。八五年に二十三歳で十二歳年上の男と結婚したが、二八年後離婚した。夫の鬱病《うつびょう》が不治と診断された年にタイムズの記者との不倫の情事が始まった。ヘンリー・ジェイムズやセオドア・ルーズベルト初め当時の欧米の文士や名士に知己が多かった。『無垢《むく》の時代』（一九二〇年）の出版で一九二一年に女性初のピューリツァー賞を受賞。一九二七年から一九三〇年の間に三度ノーベル文学賞の候補にあがった。

代表作は『歓喜の家』（一九〇五年）、『イーサン・フローム』（一九一一年）、『無垢の時代』（一九二〇年）などで、自らが属した上流階級の実態を透徹した社会的かつ心理的分析により、ユーモアを交えて描いた作品が多い。

I

歳はとっているが身だしなみの行き届いた二人の中年の婦人が、ローマのレストランの高いバルコニーで、坐っていたテーブルから移動して手すりにもたれかかり、最初に互いに目を見合わせ、それから眼下に広がるパラティーノの丘とフォルム（訳注：ローマにある古代ローマの遺跡でラテン語フォルム・ロマヌムの略称、イタリア語表記はフォロ・ロマーノ、英語の通称はフォーラム）の栄華の跡を見下ろしたときは、二人とも漠然とではあるが好意的な是認の表情を同じように浮かべていた。二人が前かがみになると、階下の路地につながる階段から賑《にぎ》やかな乙女らしい声が響いてきた。それは、「だから、早くいらっしゃいよ」という呼び声だったが、彼女ら二人に向かってではなく、そこから見えない仲間に対して発せられた声で、「それで、お若い方々には編み物でもさせておきましょうよ」すると同じように若々しい声が笑いながら応じた。「あら違うわよ、バーバラ、あの人たちは編み物じゃなくてね――」「もちろん、例え話で言ったのよ」と最初の声が答えた。「だって私たち、親には何にも心配かけていないから他にはあまりすることがないでしょ」その時点で若い二人は階段の曲がりに達したため会話が聞こえなくなった。

二人の婦人はまた互いに目を合わせたが、今度は微《かす》かに決まり悪い微笑を浮かべており、体が小ぶりで色白の婦人が首を横に振りながらわずかに顔を染めた。

「バーバラ！　ったら」と呟《つぶや》き、階段を降りながら親をからかった少女の背後に届かぬ叱責の声を送った。

もう一人の婦人は、もっと豊満で、もっと肌色も濃く、意志の強そうな小さな鼻とそれを引き立てる迫力のある黒い眉毛をしており、陽気に笑った。「娘たちは私たちのことをあんなふうに考えているのよ」

彼女の連れはそれを打ち消すようなジェスチャーをして答えた。「私たち二人だけのことじゃありませんわ。これは覚えておいていい話なのです。あれが一般的な現代版の母親像なんですわ。ね、だから――」彼女はやや気がとがめたのか素晴らしいしつらえの黒のハンドバッグから深紅のシルクの縒《よ》り糸を引き出したがそれには細い編み針が二本通してあった。「わからないものね」と彼女は呟《つぶや》いた。「この新式の編み方のおかげで確かにだいぶん暇つぶしができるようになったわ。でもときどき私はこんな景色でさえ――見飽きてしまうの」彼女のジェスチャーは今度は足下に広がる途方もなく感動的な景色に向けられていた。

色が浅黒いほうの婦人がまた笑うと、二人ともまた景色に目を移し、黙ったまま眺めた。彼らから発散される一種のうららかさは光輝く春のローマの空の反映かもしれなかった。昼食時間はとうに過ぎており、二人は広大なテラスの一部を独り占めしていた。こちら側から一番遠くに離れた端にわずかなグループが残っていて眼前に広がった都市を惜しむがごとく見ていたが、ガイドブックを拾い上げチップを手探りし始めていた。彼らの最後が散ると、二人の婦人は吹きさらしの高台に二人だけ残された。

「そうね、このままここに居残って悪いことはないわね」と、血色がよくエネルギッシュな眉をしたスレイド夫人が言った。打ち捨てられたような肘掛け椅子が二脚そばにあったので、彼女はそれを手すりの近くに引き寄せ、パランティーノの丘に目を据えたまま、その一つに腰を下ろした。「何といっても、ここは今でも世界で最高に美しい眺めですもの」

「いつになってもそうですわ、私にとっては」とお友達のアンスリー夫人が言ったが、「私にとっては」というところにほんの少しだけ強勢を置いたのを、スレイド夫人は気づきはしたが、ところどころしか理解できない古風な書簡文例集から発せられたかのように、ただ単に偶然のことかなと思った、

「グレース・アンスリーはいつも古風だった」と彼女は考えたうえで、過去を回想する微笑を浮かべて声に出した。「私たち二人はもう何年も前からこの景色は見慣れていますわね。私たちがここで最初に会ったときは、今の娘たちの歳より若かったわ。覚えていらっしゃる?」

「ええもちろん覚えていますわ」アンスリー夫人は、前と同じく名状しがたい強勢をつけ

てささやいた。――「あそこに立っているボーイ長は何か悩んでいるのかしら」と彼女は言葉を挟んだ。彼女はどうやら連れの婦人より自分自身と世の中における自分の権利に自信がなさそうだった。

「私が彼の悩みを解決してあげる」とスレイド夫人が言いながら、アンスリー夫人のハンドバックと同じように派手すぎないが豪華なバックに手を伸ばした。ボーイ長に合図して、私と友人は昔からローマのファンで、景色を眺めながらこれから先の午後を過ごしたいのです、もちろんお仕事に差し支えなければですが、と説明した。ボーイ長は彼女が差し出したチップに感謝しながら、御婦人方のお気に召すままにどうぞと勧め、ディナーまで残ってくだされればさらに光栄だと言った。満月の夜、良い思い出になりましょう……

月を引き合いに出したことがふさわしくなくて不愉快でさえあると言わんばかりに、スレイド夫人は黒い眉をひそめた。しかしボーイ長が退くと彼女はひそめた眉をにっこりと元に戻した。「そうよ、そうしましょうか。他に良い考えもありませんし。娘達がいつ帰ってくるかわかったものじゃありませんしね。あの子達の行き先も知らないのですが、あなたはご存知かしら?」

アンスリー夫人はまたほのかに頬を染めた。「大使館でお会いしたイタリア人の若いパイロットたちにお茶に招待されて、タルクィーニアまで飛んだのだと思います。あの人たちは月が出るのを待って月明かりで飛んで帰りたいのだと思いますわ」

「月明かり——月明かりですって！　そんなことが今でも何か意味があるのかしら。あの子達は昔の私たちみたいに感傷的だとお思いになって？」

「私の達した結論は、私にはあの子達のことはまるっきりわからないということです」アンスリー夫人は言った。「それに、私たちだってたぶんお互いのことはあまりわかっていたとは思えませんわ」

「そうですね、多分ね」

アンスリー夫人は恥ずかしげにちらりと友を見た。「私はあなたが感傷的だったと考えたことは一度もないわ、アライダ」

「そうですね、私はたぶん感傷的じゃなかったわね」スレイド夫人は二つの瞼《まぶた》を引き寄せ回想に耽《ふけ》った。そして子供時代から親しかった二人の夫人は、互いに相手をいかに知らないかをわずかの間思い返していた。もちろんどちらも相手の名前に、すぐある人物像を貼り付けることができた。例えばデルフィン・スレイドの夫人は、自分自身でそう思っているだけでなく、誰に聞かれても、こう言うだろう。二十五年前のホラス・アンスリーの夫人はとっても可愛らしかった、本当よ、信じないでしょう、いやもちろん今でも魅力的で気品があるわ、だけど娘の頃の彼女は優美で繊細だった、娘のバーバラよりずっと綺麗だったわね、もっとも現代的な基準に従えば、バーバラのほうがとにかくもっとやり手で、今風に言えば一枚上手なんだけど。バーバラの親は二人共どこといってぱっとしないのにどこから受け継いだのでしょうかね。そうよ、旦那のホラス・アンスリーは、まさしく奥方のコピーみたいな男で、昔のニューヨークの博物館に陳列されてしかるべきような人。二枚目で、非の打ち所がなく、模範的だった。スレイド夫人とアンスリー夫人は、何年もの間向かい合って住んでいた——これは比喩的に言っていると同時に実際にもそうだった。イースト七十三丁目（訳注：マンハッタンのアッパー・イースト地区の一部で、一帯は富裕層の高級住宅地として有名）二十番地の応接室のカーテンが新装されると、向かい側の二十三番地はいつもそのことに気づいていた。そしてあらゆる人の出入りの中で、何が買われたか、いつ旅行に出かけたか、結婚記念日などの祝いをした日、病気になった日など、尊敬すべき夫婦の動きが年間を通して淡々と記録され、そのどれもスレイド夫人の目に留まらないものはなかった。しかし、彼女の夫がウォールストリートで膨大な利益をあげたころにはそのことに飽きが来ており、彼らがアッパー・パーク街を買い付けたときにはすでに次のように考え始めていた。「もう気分転換にもぐりの酒場（訳注：禁酒法時代の不法な酒販店）の向かいあたりに住みたくなったわ。少なくとも警察の手入れが見られるかも知れないから。グレースの家が警察に踏み込まれるということは考えただけで愉快だったので（引っ越す前に）女性の昼食会でとんでもないことだと非難した。それは大いに受けて次から次に話題になった——彼女は、この噂が通りの向こうに伝わりアンスリー夫人の耳に達しているかしらと思うこともたまにあった。達していないほうがいいなとは思ったが、どっちにしてもあまり気にしなかった。あの当時は社会的な体裁がそれほど価値を持っていない時代だったので、非の打ち所のない人たちを少しぐらい笑って も彼らに害は与えなかった。

数年後、ほぼ時を同じくして、二人の夫人は夫を失くした。作法通りに花輪や悔みの言葉が交わされ、半分喪に服した中で親密な付き合いが短い間復活して、それからまた縁が遠のいていたのだが今また、ローマの同じホテルでばったり出会ったのだった。それぞれ快活な娘たちのおとなしい付き添い役だった。似たような運命を辿っていることが再び彼らを引きつけ、おだやかな冗談を言い合い、昔なら娘たちに「付き合う」のはうんざりしただろうが、今ではそうしないほうが少し退屈になるときがあると互いに告白する間柄になった。

スレイド夫人は回想していた。夫に先立たれた後の空白感は寡婦となったグレース以上だったことは間違いなかった。デルフィン・スレイドの妻から彼の未亡人になることには大きな落差があった。彼女は（夫婦であることに確かな誇りを持っていた上に）社交的な才能において自分は夫に匹敵すると自認し、彼らが稀有な夫婦となっている事実には自分が十分な役割を果たしていると自負していた。しかし彼の死後生じた違いは隠しようがなかった。夫は、有名な企業の顧問弁護士として、常に国際的な事件を一つか二つ抱えていたので、その妻として日々わくわくするような予期せぬ責務をこなし、海外から訪れる著名な同僚を即座に応接したり、ロンドンやパリやローマに訴訟案件で急な出張をしたりしたときは、心尽くしの返礼のもてなしをうけるのだった。通夜における囁きを聞く楽しみもなくなった。「なんですって、あの立派な服装と目をした上品なご婦人がスレイド夫人ですって？　スレイドさんの奥様？　本当に？　有名人の奥方たちは一般にぱっとしないのにね」

　そうです。その後スレイド氏の未亡人になってみるとどうにも張り合いがなかった。有能な夫が生きているときはその期待に応えるため彼女は持てる能力を全部働かせた。今は頑張ってあげねばと思う対象は娘一人しかいなかった。というのは、父親の才能を受け継いだと思われていた息子は子供の頃突如として死んでしまったからだ。その苦しみに耐え抜いたのも助け合える夫がそばにいたからだ。さて、夫が死んだあとは息子への思いがさらに耐え難くつのり、娘に母としての愛情を注ぐ以外に残されたものはなかった。ところが愛するジェニーは申し分ない娘で母が余計な面倒を見る必要がなかった。「バーバラ・アンスリーが娘だったら、私はこんなにのんびりしていられないと思う」と、スレイド夫人は半分羨ましがりながら思うことしきりだった。しかしジェニーはその才気煥発な友より若いのだけれど、例のめったにない偶然で、とびきり可愛い少女なのに、どういう訳かその若さと可愛らしさがないかのごとく気をもむことのない子だった。なんとも理解不能なことだったが、スレイド夫人にとってはやや物足りなかった。夫人は娘が、仮に駄目な男でもいいから恋に陥ってくれないかと願っていた。そうすれば、娘を見張ったり、裏をかいたり、救ってあげたりできるのだ。ところが、実際は母親を見張ったり、母に冷たい風に当たらせないようにしたり、薬をちゃんと飲ませたり……しているのはジェニーだった。

アンスリー夫人はその友人に比べればあまりはっきりものを言うほうではなく、彼女が心に描いているスレイド夫人像はずっと内容が乏しいもので、自信のないタッチで描かれていた。「アライダ・スレイドはすごく華々しいが、自分で思うほど華々しくはない」という彼女の観察がそれを要約しているだろう。さらに、初対面の人たちに請われれば、次のように付け加えたかも知れない。スレイド夫人は少女の頃はとびきりさっそうとして威勢が良かった、お嬢さんよりずっとずっと。お嬢さんももちろんかわいくて、ある意味聡明だわ、でもお母様の、そうねえ、誰かが前に言ったことがあるけど、「鮮烈な活気さ」がないわね。アンスリー夫人はこんなはやりの言葉を使って、とんでもない大胆な言葉だけどと断る意味でそんな言葉を引用する際カッコに囲むだろう。そう、ジェニーは母親に似ていなかった。アンスリーはときどき思った、アライダ・スレイドはがっかりしているのだと。なにもかにも考え合わせると、彼女の人生は悲しかった。もろもろの失敗や間違いに満ちていた。アンスリー夫人はいつも彼女のあれやこれやで気の毒でならなかった。

以上のように二人の夫人はそれぞれ自分の小さな望遠鏡を逆から覗いて互いを思い描いていた。

II

彼らは長いあいだ言葉を交わさず隣り合って坐り続けていた。二人とも、巨大な「死の象徴」（訳注：原語 Memento《メメント》 Mori《モリ》 は〝人間は死ぬものだということを忘れるな〟というラテン語。即ち死の警告、人間の欠陥や過ちを思い出させるものの意味にもなるが、ここでは古代ローマ帝国の遺跡の意味）を目の前にしては、どんな活動をしても無駄な結果にしかならないように思われそれを封印しておくことに慰めを見出しているかのようだった。スレイド夫人はじっとしずかに坐ったまま、目は黄金色に映えるローマ皇帝宮殿の丘に釘付けにされていたが、アンスリー夫人はしばらくすると手でハンドバッグを弄ぶのを止め、彼女もまた瞑想に沈んだ。親密な友人同士ならよくあることだが、この二人の淑女たちはそれまで一緒に無口でいる機会が一度もなかったので、アンスリー夫人は、何年ぶりかの再会で自分たちの親しさに新しい段階が生まれたらしいことに、そしてそれにどう対処していいか分からないことに、幾分気まずい思いをしていた。

突然、定期的にローマを銀の屋根で覆う、あのグァーングァーンと鳴る深い鐘の音が空気に満ちた。スレイド夫人は腕時計を見た。「あらもう五時だ」と驚いたかのような声をあげた。

　アンスリー夫人は、「五時に大使館でブリッジがありましたね」と質問するように言った。長いあいだスレイド夫人は返事をしなかった。彼女は物思いに耽っているようだったので、アンスリー夫人は自分の言葉が彼女の耳に入らなかったと思った。しかし、しばらくたってから彼女は夢見心地で言った。「ブリッジ、とおっしゃったの？　あなたが行きたいとおっしゃるのなら別だけど……でも、私はやめときますわ、いいかしら」

「あら、違いますわ」とアンスリー夫人はあわてて打ち消した。「私はちっとも行きたくなんかありません。ここはとても素敵だわ、それにあなたがおっしゃるとおり昔の思い出がいっぱいで」彼女は椅子に坐り直して、ほとんど人目を盗むかのように編みかけのものを引き寄せた。スレイド夫人はこの動作を横目に捉えたが、彼女自身の美しく手入れされた手は膝に乗せられたまま動かなかった。

「私はちょっと考えていたのですけど」と彼女はゆっくり言った。「旅行者にとってローマといって思い出す代表的なことは、各世代毎《ごと》に違うはずだけどそれはなんだろうと考えていたの。私たちの祖母たちにとってはローマ熱だったろうし、母たちにとっては、恋や情けの危険性ね――私たちに対する保護って手厚かったわね――娘たちにとっての危険は、目抜き通りの真ん中を歩く程度のこと。あの子達にはわかっていないのね――どれだけ損をしているのか」

長かった金色の光が薄れ初めており、アンスリー夫人は編み物を少し持ち上げ目に近づけた。「ええ、私たちは手厚く保護されていましたわね」

「私はいつもよく考えましたわ」とスレイド夫人は続けた。「私たちの母たちは祖母たちよりもっと大変だったはずだとね。だって、ローマ熱が街にはびこったときは危険な時間に娘たちを囲い込むのは比較的簡単だったはずよ。でも私たちが若い頃は、あんな素敵なものに誘われて、しかも反抗心が少々手伝って、日没後の冷たくなる時刻でもせいぜい風邪をひく程度のリスクしかなかったから、母たちは私たちを家に引き止めておくのが大変だったと思いますわ――そうですよね」

彼女はまたアンスリー夫人のほうに向き直ったが、同夫人は編み物のややこしい箇所に達していた。「一つ、二つ、三つ、――二つ抜かす。ええ、そうですわね」と彼女は顔を上げずに同意した。

スレイド夫人の目は集中的に彼女の上に深く注がれた。「こんな話をしているのに――平気で編み物をしているなんて！　なんと彼女らしいこと」

スレイド夫人は椅子に深く坐り直し、物思いに耽りながら、目の前の廃墟からフォルムの長い緑の空洞まで、さらにその先の夕日の輝きが失せつつある教会の正面へ、そして遠くに見える巨大なコロセウムに視線を泳がせた。突然彼女は考えた。「娘たちが感傷と月明かりにもはや囚われていないと言えるなら結構なことだけど、あの若いパイロットは侯爵らしいから、バーバラがあの青年を目当てに出かけていないとしたら、わたしは何にも見ていないことになる。しかもジェニーはバーバラがそばにいてはチャンスはない。そんなこともわかるのよ。だからグレース・アンスリーは二人がどこにでも一緒に出かけるのを気にしないのかしら。かわいそうなジェニー、いつも引き立て役で！　スレイド夫人が聞こえるか聞こえない笑い声をあげたとき、アンスリー夫人がその声に編み物の手を休めた。

「何か――？」

「ああ、何でもないわ。あなたのバーバラったら何でも完璧に成功させてしまうんだなあと考えていただけ。あのカンポリエリ君なんかと一緒になればローマ一のカップルだわ。あら、そんなにしらばくれないでくださいな、彼が最高の相手だというのはご存知のはずよ。あなたとホレスのような模範的な人格者同士にどう工夫したらあんな活動的なお子さんができたのかしらと思ってね、不思議だったの、もちろん敬意を込めてのことですよ」と、スレイド夫人はまた笑ったがわずかに刺々《とげとげ》しさが含まれていた。

アンスリー夫人の手は編み針を持ったまま動かなかった。彼女は足下に広がる情熱と栄華の偉大な残骸の蓄積をまっすぐ見つめた。しかし彼女の小ぶりな横顔はほとんど無表情だった。そして最後に彼女は言った。「あなたはバーバラを買いかぶっていらっしゃるのよ」

スレイド夫人の声の調子は前より穏やかになった。「いいえ、そんなことはありません。わたしはあの人の良さがわかります。私はたぶんあなたを羨んでいるのね。ええ、私の娘は申し分ありません。私が慢性の病に罹《かか》っているとしたら、私は、そうねえ、ジェニーに看病してもらいたいわね。そりゃ時にはいろんなことがあるでしょう、でもいいの。私はずっと才気煥発な娘が欲しかったの……なのに天使のように優しい子を授かるなんてどうしても理解できなかった」

アンスリー夫人は相手の笑いに呼応して微《かす》かに囁《ささや》いた。「バーバラも天使のように優しいわ」

「もちろん、そうですとも！ でも彼女には虹色の翼があるわ。さてと、あの子たちは青年らと海辺をぶらついているのに、私たちはこうして坐っている……なんだか昔のことが突然過ぎるぐらい急に蘇ってくるわ」

アンスリー夫人は編み物に戻っていた。人が見たら（アンスリー夫人のことをあまり知らない人ならだが、とスレイド夫人は思い直した）、彼女にも、目の前の堂々たる遺構の影が長くなるのを見てあまりに多くの思い出が蘇ってきたのだと想像するかもしれない。しかし、違う。彼女は単に今の作業に熱中しているだけだ。彼女に何か悩みがあるだろうか？ バーバラが帰ってきたときにはほとんど間違いなく花婿として最適のカンポリエリと婚約していることを彼女は知っているのだ。「彼女はニューヨークの家を売り、ローマの新婚の二人の近くに落ち着き、彼らの邪魔はしない……あの人は何もかもそつがなさすぎる。そして優秀なコックを雇って、ブリッジやカクテルパーティに相応《ふさわ》しい人たちを呼ぶ……孫たちに囲まれたこの上ない平和な晩年を送るのだわ」

スレイド夫人はこの夢想的な将来予想を断ち切ると自己嫌悪に陥った。他の人間に対してならいざ知らずグレース・アンスリーに対してかように不埒な考えをする権利は彼女にはまったくなかった。彼女を羨む癖がまだ治っていなかったのか？　たぶんそれはあまりに遠い昔に始まったことだったのだろう。彼女は立ち上がり、手すりに寄りかかり、悩める目を心休まる日暮れ時の魔力に浸した。ところが、その景色は彼女の心を休ませるどころか腹立たしさを悪化させるようだった。彼女の視線はコロセウムに向けられた。すでにその金色の側壁は紫色の影の中に埋没しており、その上の湾曲した空は透明に澄んで光もなく色彩もなかった。それはまさに午後と夕方が中空でバランスをとって佇《たたず》んでいる瞬間だった。

スレイド夫人は後ろを振り向き友人の腕に手を置いた。そのジェスチャーがあまりに突然だったのでアンスリー夫人はびっくりして顔を上げた。

「日が沈んだわ。怖くはなくって？」

「怖い――？」

「ローマ熱というか肺炎のことよ？　あなたがあの冬ひどい病気にかかったことを思い出すわ。少女の頃あなたは喉がすごく弱かったでしょう？」

「ええ、ここは高いところだから心配ないわ。あのフォルムの低いところでは、突然、ぞっとするほど寒くなるのね……でもここはそんなことはない」

「そう、気をつけなければならなかったから当然ご存知なのね」スレイド夫人は手すりのほうに帰った。彼女は思った。「あの人を毛嫌いしないようもう一度気をつけなくちゃ」彼女は声に出した。「この上からフォルムを見下ろすといつもあなたの大おばさまのあの話を思い出すわ。恐ろしく意地悪な大おばさまだったわね?」

「ああ、そうでした。ハリエット大おばさん。妹を日没後にフォルムに遣わして自分のアルバムに貼る夜咲きサボテンを取らせたことになっている人のことですね。私たちの家族は大おばも祖母たちもみんなドライフラワーのアルバムを作っていたのです」

スレイド夫人は頷《うなず》いた。「でも本当は大おばさまは妹と同じ男性を慕っていたので彼女に行かせたのですよね」

「ええ、それが私たちの家の言い伝えだったのです。ハリエットおばさんが何年か後にそのことを告白したらしいんです。いずれにしても、かわいそうに妹さんはローマ熱に罹《かか》り死にました。私たちが子供のころ母はよくその話をして私たちを怖がらせました」

「あなたにその話をされて私も怖かったんですよ、娘の頃あなたと私がここにいたときのあの冬です。私がデルフィンと婚約したあの年の冬ですよ」

アンスリー夫人は力なく笑った。「そうでしたかしら? 本当に怖かったのですか? あなたが簡単に怖がるとはとても思えませんわ」

「めったにないのですが、あのときは怖かったのです。私は幸せの絶頂でしたから簡単に怖がったのです。それがどんな意味かおわかりかしら?」

「私は――ええ」アンスリー夫人は口ごもった。

「あなたの意地悪大おばさまの話があんなに印象に残ったのはそのためだと思いますわ。でも私はこう思ったの。『ローマ熱はもうはやっていないけど、フォルムは日没後にはとてつもなく冷え込む――特に日中が暑かった後は。それにコロセウムはさらに冷え込んでもっとじめじめしている』」

「コロセウムはでも――?」

「ええ、夜になると出入り口に錠が下ろされましたから、中に入るのは簡単ではありませんでした。簡単どころじゃなかった。それでも当時は何とかできたのです。何とかできたのですよ、たびたび。他の場所で会えない恋人たちが中で会ったのです。ご存知だったでしょう?」

「私は――たぶんそうだったかしら。覚えていませんわ」

「覚えていないですって? ある晩、あなたは日が暮れるとすぐ出かけて、どこかの遺跡に行ってひどい風邪を引いたことを覚えていないですって? 月が昇るのを見に出かけたことになっていましたわね。あなたの病気はあの外出が原因だって皆さんいつもおっしゃっていたわ」

一瞬沈黙があった。それからアンスリー夫人は話に戻った。「そうでしたか？　あんまり遠い昔のことですから」

「そうです。それからあなたは回復なさった——だからそのことはもうどうでもよくなったのね。でもあなたのお友達には不思議だったの、あなたの病気の原因と言われていることが。だって、あなたは喉が悪いからすごく用心深かったし、お母様があなたのことをすごく心配なさっていたことを皆知っていましたから。だから、あの晩は夜更けの観光にお出かけになったのでしょう？」

「そうかもしれません。どんなに用心深い少女でもいつも用心深いとは限りませんから。どうして今になってそんなことをお考えなの？」

スレイド夫人はすぐに答えが浮かばないようだった。しかし一瞬の間をおいて彼女は抑えきれないように言った。「それはね、もうこれ以上我慢できないんですもの——！」

アンスリー夫人はさっと頭を上げた。彼女は目を大きく開きすごく蒼ざめていた。「我慢できないって何がですの？」

「だって——あなたが出かけた理由を私はずっと前から知っていたんですが、あなたはそのことをご存じ無かった」

「私が出かけた理由を——？」

「ええ、私がハッタリを言っているとお考えでしょう？　いいえ、あなたは私が婚約していた男性に会いに行ったのよ――あなたをそこに呼び出した手紙の一言一句を全部復唱できますのよ」

スレイド夫人が話している間にアンスリー夫人はふらふらと立ち上がった。彼女のハンドバッグと編み物と手袋が恐慌をきたして重なって地面にすり落ちた。彼女は幽霊を見ているかのようにスレイド夫人を見つめた。

「だめ、だめ――やめて」と彼女は口ごもった。

「どうしてだめですの？　私のことが信じられないなら聞いてちょうだいな。『僕の愛《いと》しい方へ。このままの状態を続けることはできない。どうしてもあなたに一人でお目にかかりたい。あすの晩暗くなったらすぐコロセウムに来てください。あなたを中に入れてくれる人がいます。誰も怪しみませんから恐れる必要はありません』――たぶん手紙の文句はお忘れになったでしょう」

アンスリー夫人はこの挑戦を意外にも落ち着いて受けた。椅子にしっかりと坐り直して彼女は友達を見て答えた。「いいえ、私も諳《そら》んじていますわ」

「それから署名も？　『あなただけのD・S』（訳注：デルフィン・スレイドの頭文字）。そうでしたか？　間違いないと思うわ。あの手紙のためにあなたはあの晩日が暮れてから外に出たのでしょう？」

アンスリー夫人はまだ彼女を見ていた。彼女の小さな顔は意識的に抑えた落ち着いた仮面を被っているがその背後で緩やかな苦闘が続いているかのようにスレイド夫人には思われた。「ここまで上手に落ち着けるとは思ってもみなかった」とスレイド夫人は考え込んでほとんど腹が立った。しかしその瞬間アンスリー夫人が口を開いた。「あなたがどうしてご存知なのかしら。あの手紙はすぐ焼きました」

「そうでしょう。当然よね、あなたってとても用心深いんですからね」今度は冷笑していることが明らかだった。「手紙を焼いたのにどうして私が中味を知っているのかとお考えでしょう？　そうですよね？」

スレイド夫人は待ったが、アンスリー夫人は答えなかった。

「あのねえ、手紙の文句を知っているのは、それは私が書いたからなの」

「あなたがお書きになった？」

「ええ」

二人の女性は夕暮れの金色の光の中で互を凝視しながら一瞬立ち尽くした。それからアンスリー夫人は自分の椅子に腰を落とした。「ああ」と彼女は呟《つぶや》き、両手で顔を覆った。

スレイド夫人はいらいらしながら次の言葉か動作を待ったが、どちらも出てこなかったので、ついにこらえきれずに言葉を発した。「突然驚かせたわね」

アンスリー夫人の手は片膝に落ちた。手で覆われていた顔には涙が流れていた。「まさかあなただとは思わなかったわ。思ったのは——あれはあの人が私にくれた唯一の手紙だと思っていました」

「それは私が書いたの。そうです私が書いたの。彼が婚約したのは私なのよ。ちょっとでもそのことを考えなかったの？」

アンスリー夫人はまた頭《こうべ》を垂れた。「弁解しようとは思っていません……考えましたわ」

「それでもあなたは出かけた」

「それでも私は出かけました」

スレイド夫人は彼女のそばに小さく頭を垂れている女を見下ろしながら立っていた。彼女の怒りの炎はすでに消えていた、そして彼女は考えた、友人に何故無益な傷を負わせることにどんな満足感があると考えたのだろうと。しかし、彼女は自己を正当化しなければならなかった。

「今おわかりになった？　あるとき気がついたの、だから私はあなたが憎かった、憎かったの。あなたがデルフィンに思いを寄せていることに気付いたのよ——だから怖くなった——あなたが怖くなったの、あなたの静かな物腰や、可愛らしさが怖くなったの、それから……とにかくあなたに邪魔をしてほしくなかったのよ、それだけのことだった。たったの数週間だけ、ただ彼のことを大丈夫だと思うまで。だから怒りに任せてあの手紙を書いたのね……どうして今こんなことをあなたに話しているかわからないわ」

「私はね」とアンスリー夫人がゆっくりと話し始めた。「あなたがずっと私を憎んでいらっしゃったためだと思いますわ」

「そうかもしれない。あるいはこのことをすっかり忘れてしまいたかったのです」彼女はひと呼吸置いた。「手紙を焼却してくださって嬉しいわ。あなたが亡くなるなんてもちろん考えたことはありません」

アンスリー夫人はまた黙り込んだ。彼女の上にかぶさるように立っているスレイド夫人は不思議な孤立感、人と人が親しく付き合うときの暖かい気持ちの繋《つな》がりから遮断された感覚を意識した。「私を極悪人だと思っていらっしゃるでしょう！」

「わかりませんわ……私がいただいた唯一の手紙でしたのに、それはあの人が書いたものじゃないとおっしゃるのね？」

「ああ、あなたはまだ彼のことを想っていらっしゃるのね」

「あの思い出を大事にしています」とアンスリー夫人は言った。

スレイド夫人は依然として彼女を見下ろし続けた。彼女はこの衝撃で体が小さくなったように見えた――彼女が立ち上がったとき、風が砂埃《すなぼこり》を吐き散らすかのように心もとなかった。それを見るとスレイド夫人の嫉妬心がまた突然燃え上がった。この女はこの何年かずっとあの手紙を心の支えに生きてきたのだ。灰になった単なる手紙の記憶を大事にしているなんて、彼をそれほど愛していたのか！　あなたの友人が婚約していた男の手紙だ。極悪人だったのはあなたじゃないのか？

「あなたは彼を私から引き離そうと懸命に努力なさったのでしょ？　でもうまくいかなかった。そして私が彼を手にした。それで終わった」

「ええ。それで終わった」

「こんなことお話ししなけりゃよかったと思っていますわ。あなたがそんな気持ちでいらっしゃるとは考えもしなかった。面白がってくださると思っていたの。あなたのおっしゃるとおりずいぶん前のことですもの。だから思い出していただかないと困るのですが、あなたがこの話をそんなに深刻に受け取ると私が考えるわけがないことはおわかりですわね。そりゃそうでしょう、あなたは二ヶ月後にはホラス・アンスリーと結婚なさったのですから。あなたの病気が回復するとすぐお母様はあなたをフロレンスに連れて行き結婚させたのですからね。みんなはちょっと驚いていましたわね――どうしてこんなに急にされたのかと。でも私は知っていました。あなたは遺恨を晴らすために、――つまりデルフィンと私を出し抜いたと言いたいがために、急がれたのだと見当がつきましたわ。女の子ってそんな馬鹿げた理由で一番厳粛なことを実行するものです。ですから、あなたがそんなに早く結婚されたので、ちっとも気にしていないのだと思っていました」

「ええ、そう思われても仕方ありません」とアンスリー夫人は同意した。

頭上の晴れわたった空を染めていた茜色《あかねいろ》は全部消えていた。夕闇がその上を覆い、突如としてローマの七丘を暗くしていた。あちこちに灯り始めた明かりが彼らの眼下の木の葉を通してまたたいた。誰もいなかったテラスに人の足音が近づいたり離れたりし始め——給仕たちが階段の頂上で出入り口の外を注視し、それからトレーとナプキンとワイングラスを持ってまた姿を現した。テーブルが動かされ、椅子が整頓された。紐《ひも》に数珠《じゅず》つなぎになった弱い電球が明滅した。萎《しお》れた花の瓶が持ち去られ花を活け変えられて持ち込まれた。ダスターコートを着た太った夫人が突然現れて、ぼろぼろになった彼女のベデカー旅行案内書を結んでいたゴムバンドを誰か見なかったかとたどたどしいイタリア語で訊いた。彼女は昼食を食べたテーブルの下を、給仕たちに助けられながら、持っていたステッキでつつき回した。

スレイド夫人とアンスリー夫人が坐っていたテーブルは今でも影になって誰もいなかった。彼らはどちらも長いあいだ話をしていなかった。とうとうスレイド夫人が口を切った。「あれは冗談のつもりでやったことなの」

「冗談?」

「ええ、女の子って残忍になることがあるでしょ。特に恋をしているときは。思い出しますけど私は、あなたがどこか暗闇で待ちながら、身を隠しながらどんな物音にも耳を傾け、中に入ろうとしているんだと想像すると一晩中笑えて仕方なかったの。もちろんあなたが後で病気になったと聞いたときはうろたえましたわ」

アンスリー夫人はそれまで長い間動かなかったが、こんどはゆっくりと友達のほうに向き直った。「でも私は待ちぼうけは食いませんでしたよ。あの人が全部手はずを整えていたのです。彼はそこに来ていました。私たちはすぐ中に入れてもらえました」と彼女は言った。スレイド夫人は前かがみなっていた姿勢から飛び上がった。「デルフィンが来ていたですって？　中に入れてもらえた？――ああ、嘘《うそ》に決まっているわ」彼女は猛烈な勢いで叫んだ。アンスリー夫人の声はさらに澄み切り、そして驚きに満ちていた。「もちろんあの人は来ましたよ。それは当然なことで――」

「来たって？　でもあなたがあそこにいることをどうして知ったというの？　とっぴなことをおっしゃるわね」

アンスリー夫人は思いを巡らすかのようにちょっとためらった。「だって私は手紙に返事を書いてそこに参りますと伝えたんですもの。だから来たのですよ」

スレイド夫人は両手を上げて顔に当てた。「ああ、何ていうことだ。返事を出したと。まさか返事を出すとは考えもしなかった……」

「あなたが手紙を書いたのなら、そのことをお考えにならないなんて変ですわね」

「ええ、私は怒りで目がくらんでいたのです」

アンスリー夫人は立ち上がり、毛皮のスカーフを手元に引き寄せた。「ここは寒いわ、中に入ったほうがいいでしょう。お気の毒なことをしました」と首に毛皮を巻きながら言った。

予期せぬ言葉がスレイド夫人の体に激痛を走らせた。

「ええ、中に入ったほうがいいわ」彼女はハンドバッグと外套《がいとう》を手繰り寄せた。「どうしてお気の毒なことをしたとおっしゃるのかわからないわ」

アンスリー夫人は彼女から目を逸らして立ち、暮れなずむコロセウムの神秘的な姿を見た。

「そうですね、理由はあの晩私は待つ必要がなかったからです」

スレイド夫人は落ち着かない笑い声をあげた。「はい、その点では参りました。しかしそのことであなたを妬んではいけませんわね。この長い年月が過ぎて終わった今、結局、全てを勝ち取ったのは私ですから。私は彼を二十五年間独り占めにしました。あなたが得たものは彼が書いたものでもないあの一片の手紙にすぎなかったのですから」

アンスリー夫人は再び黙り込んだ。最後に彼女はテラスのドアのほうを向いた。一歩踏み出して振り返り、連れに面と向かった。

「私はバーバラをもらいました」と彼女は言って、スレイド夫人より先に階段のほうに移動し始めた。

編訳者あとがき

サマセット・モームの原著は、*Great Modern Reading: W. Somerset Maugham's Introduction to English and American Literature* で、初版は一九四三年、ニューヨークのダブルデー社から出版されているが、筆者の底本は、二〇一三年にインドの Isha Books により出されたリプリント版である。

筆者がこの原著の存在を知ったのは、モーム作 *The Trembling of a Leaf : Little Stories of the South Sea Islands* の拙訳書『一葉の震え』（近代文藝社、二〇〇五）の執筆中にモームの生涯の著作リストを調べていたときである。

この原書は日本の四六判より一回りサイズが大きい判型の、六一八頁の浩瀚な本で、その中に二十世紀前半に出された短篇小説、評論、書簡、詩が一五三篇詰め込まれている。そのうち四六篇が短篇小説（short stories）と呼べるもので、イギリス人作家の作品が一三篇、アメリカ人作家のものが二三篇である。

アメリカ人作家がイギリス人作家より多いことからも察せられるように、このアンソロジーで意図された主たる読者層は、アメリカのニューヨークやシカゴのような大都市以外の地方に住んでおり、当時（一九四〇年代）としてはなかなか手軽に文学書が手に入らない人々だった。

筆者は当初、アメリカ人作家一三篇の中から九篇を選び翻訳した。しかし、出版の段階になって、価格設定の配慮等から全体の枚数を縮小することにし、ヘンリー・ジェイムズの『密林の獣』とキャサリン・アン・ポーターの『花咲くユダ』を割愛した。

前者は、名作の誉れが高い作品だが、短篇と言いながらかなり長くて紙数をとり、筋に変化が乏しく、文章が晦渋で全ての読者に楽しまれるものではないと判断した。アン・ポーターの作品は、ポーター自身がお気に入りの短篇だが、時代と場所の設定や技法としての象徴主義や意識の流れ及び主人公の宗教的背景への関心なしには、正当な評価が難しいと思われた。従って、本書には既訳の多い超有名作家の作品を含めて六篇の私訳を掲載することにした。偶然だが、いずれの作品も最初の出版は一九三〇年前後である。

モームは『アシェンデン』（一九二〇）の序文やその他のところで短篇は「初めがあり、真ん中があり、終わりが」なければならず、プロットが大事だと述べ、読者を驚かす要素、どんでん返しのような予期せぬ展開があるほうが良いと言っているが、選ばれた六篇を眺めるといずれもモーム好みであることがわかる。

サマセット・モームについては、今さら多言を要しないだろうが、彼は一八七四年にパリで生まれ、一九六五年にニースで九十一歳の生涯を閉じた。比較的長い生涯の中で彼が残した作品を正確に分類して数を勘定することは筆者の手に余るが、主要な小説、短篇小説集、エッセイだけでも五〇を超え、その他に戯曲が二五（未出版の戯曲が他に一二）、編集もの一九、雑誌等への寄稿は一八九もある。

モームは二〇一五年に没後五〇周年を迎えた。全世界で未だに人気の高い作家であるが、それを証するかのように、没後五〇周年の三月にBBCはBBC4 EXTRA（放送済みのアーカイブから選ばれ、デジタルラジオで放送される）で三時間番組を放送した。

次に、掲載した作品については、作品の冒頭に、読者の便宜を考えて簡単な説明をしているので、必要最小限度で補足したい。

スタインベックの「贈り物」の原題は"Gift"でこれはpresentと類語であるが、前者が多少改まった感じで、価値のあるものを意味するが、後者にはその意味はない。しかし、日本語の熟した単語や連語でそのニュアンスを訳出することは難しい。主人公ジョディの父親が息子に特別な祝い事でもないのに贈り物としてポニーを連れ帰ったときに、妻のルースがびっくりしてそんな高価なものをあげてどうするのというようなことを言ったことが暗示されている。

会話文を訳する場合は、どの作品でも同じだが、話者どうしの人間関係（親しさ、年齢差、社会的・文化的地位や相手への尊敬・嫌悪・愛着など感情面の程度など）や状況を考えて最適な言葉使いを考えなければならないが、この作品においては雇われ労働者としてのビリーとティフリンは契約関係において主従の間柄であるが、作品の末尾でビリーがティフリンに発する怒りの言葉は、その関係を無視した言葉使いにした。

ヘミングウエイの「フランシス・マカンバーの短い幸せな生涯」は、作者の短篇の中の傑作の一つとみなされている。彼自身サファリや猛獣狩りの体験があるので、猟銃等に関する専門的知識や傷ついた猛獣の反撃する様の描写は迫真の凄さがあると評価されている。

ヘミングウエイは、一九二〇年代のアメリカ社会における男性の軟弱化と一部女性のはねあがりに対し極めて批判的だったと言われている。

フランシスの妻が意図的に、あるいは一歩譲って「故意の偶然」によって夫を殺したと見る意見が優勢だが、そうではないと主張する批評家も多い。

フィッツジェラルドの「再訪のバビロン」は多分にフィッツジェラルド自身の実体験に基づいた自伝的色彩が濃いと言われている。主人公チャーリーがパリにいた頃の贅沢で享楽的な毎日は彼と妻ゼルダの破綻前の、一九二九年の金融恐慌前の生活であり（実生活で精神を病みスイスのサナトリウームに入院したのは妻ゼルダだったが）、作中の娘オノリアは、ちょうど十歳になっていた実の娘スコッティがモデルらしい（実際フィッツジェラルドが娘にあてた手紙で、君は「再訪のバビロン」という素晴らしい作品の登場人物になっている、という趣旨を述べている）。さらにリンカン・ピーターズとマリオンのモデルとなったのは、フィッツジェラルドの姻戚のロザリンドとその夫ニューマン・スミス（ベルギー駐在の銀行員で、一九二〇年代は経済的にフィッツジェラルドほど豊かではなかった）という義兄姉だった。

フォークナーの「一輪のバラ」の主人公エミリーは、大雑把な推計によれば、一八〇〇年代のある時点、おそらく南北戦争（一八六一〜六五）より前に生まれ一九〇〇年代初期に没したと想像できる。この短篇が最初に出版されたのは、一九三〇年であることは記憶しておいてよいだろう。さらに記憶しておくべきことだが、南北戦争に敗れた南部人が持っていた伝統を重んじる戦前に対するノスタルジアはまさに強烈だった。誇り高く貴族趣味の伝統に囚われたエミリーのグリアソン家は、進展する南部の変化に取り残された戦前の遺物であった。それにしても、作者同様、筆者もこのような環境で生きざるをえなかったエミリー女史の生涯に哀れみを感じざるをえない。

コンラード・バーコビッチの「詩は金になる」については特に補足するところはないが、筆者が驚き不思議に思うのは、バーコビッチがいつどこで英語の文章訓練をしたのだろうか、ということである。というのは、彼はルーマニア生まれのユダヤ人で、幼い頃から親の方針でイディッシュ語やルーマニア語は当然としてギリシャ語、ロシア語、トルコ語、フランス語、ドイツ語など多言語に親しんだが、英語の学習がいつどんな方法であったかは、筆者が目にした資料では明らかにならない。パリで大学の公開講座に通ったようだが、目的はピアニストになるためだった。パリで結婚した妻とカナダのモントリオールに移住してすぐジャーナリストとして英語で記事を書いているし、それからニューヨークに移住して（年代ははっきりしない）一九七一年、彼が三十五歳のとき、初めて英語の本 *Crimea of Charity* を出版している。多言語話者にとってもうひとつの言語（英語）をマスターするのは苦もないことだったのだろうか。

イーディス・ウォートンの「ローマ熱」は、いかにもモーム好みの衝撃的な幕切れである。スレイド夫人が夜出かけて行ったコロセウムは、当時は適当な逢引の場所のない恋人たちに格好のラブホテル的環境を提供していたらしい。

本書は出版までに幾月か成果のあがらない時間を費やしたが、幸いにして編訳者の意図を理解してくれた出版社に巡り会えた。未知谷の編集・発行人の飯島徹氏にたどりついた機縁を喜び、さらに同氏と伊藤伸恵さんに注意の行き届いた校正をしていただいたことに深く感謝する。

また、今回も筆者の粗原稿に最初に目を通してくれた妻靖子にも有難うと言いたい。

病後数ヶ月を経て漸く曲りなりにでも両手の指でキーパッドを叩ける身になって。

二〇一七年十月十日

小牟田康彦

こむた　やすひこ

翻訳家、1940年生まれ　宮崎県（高鍋高校）出身　1965年東京外国語大学英米科卒業、1995年アルスター大学ビジネス・スクール卒業（MBA)、東燃（株）（当時）勤務後学習院大学非常勤講師を経て広島国際大学教授（英語)、国際交流センター長　2011年退職
訳書：エリン・ケイ著『マザーズ　アンド　ドーターズ』(五曜書房、2009)、ショーン・エリス＋ペニー・ジューノ著『狼の群れと暮らした男』(築地書館、2012)、サマセット・モーム著『一葉の震え』(近代文藝社、2015)
著書：『ゴルフ英語とジョーク』(学生社、1996)、『ＩＴビジネス英語辞典』(研究社、2002)、『トッププロも学んでいる「ゴルフ英会話」をマスターしよう』(日本経済新聞出版社、2010)

S.モームが薦《すす》めた米国短篇《べいこくたんぺん》

2017年11月10日初版印刷
2017年11月30日初版発行

編訳者　小牟田康彦
発行者　飯島徹
発行所　未知谷
東京都千代田区猿楽町2丁目5-9　〒101-0064
Tel. 03-5281-3751 / Fax. 03-5281-3752
［振替］ 00130-4-653627
組版　柏木薫
印刷所　ディグ
製本所　難波製本

Publisher Michitani Co. Ltd., Tokyo
Printed in Japan
ISBN978-4-89642-538-3　C0097